以美为光

林清玄　著

河北出版传媒集团公司
河北教育出版社

图书在版编目(CIP)数据

以美为光/林清玄著. —石家庄：河北教育出版社，2012.12（2022.2重印）
ISBN 978-7-5434-9898-3

Ⅰ. ①以… Ⅱ. ①林… Ⅲ. ①故事－作品集－中国－当代 Ⅳ. ①I247.8

中国版本图书馆CIP数据核字（2012）第300574号

冀图登字：03-2012-103

书　　名　以美为光
作　　者　林清玄
责任编辑　张翠改　高群英
美术编辑　牛亚勋
装帧设计　所以设计馆

出　　版　**河北出版传媒集团**
　　　　　河北教育出版社　www.hbep.com
　　　　　(石家庄市联盟路705号　050061)
发　　行　北京启发世纪图书有限责任公司
印　　刷　盛通（廊坊）出版物印刷有限公司
开　　本　880毫米×1230毫米　1/32
印　　张　8.25
字　　数　99千字
印　　数　30001～33000
版　　次　2013年1月第1版
印　　次　2022年2月第6次印刷
书　　号　ISBN 978-7-5434-9898-3
定　　价　29.80元

目录

第二章·智慧和他的两个朋友 /45

第四章·沙漠花园 /155

第五章·真正的美丽 /203

自　序

在一座森林里，有一只鸟妈妈，生了一对双胞胎。

两兄弟长得非常相像，却有完全不同的性情。

哥哥的性情开朗，不论遇到什么事情，总是“嘻，嘻，嘻”地笑着。

弟弟的个性沉郁，终日闷闷不乐，即使没有事情，也总是“哀，哀，哀”地哭着。

比如说，遇到了下雨，哥哥就唱着：“下雨天真好玩，嘻，嘻，嘻！”

弟弟却哭了：“下雨天真无聊，哀，哀，哀！”

鸟妈妈就会劝弟弟：“你最好喜欢下雨天，因为这辈子有一半的日子会下雨，喜欢雨天的鸟会比不喜欢雨天的鸟快乐。”

但是，弟弟并不听劝。

比如说，到了秋天，叶子落了，哥哥就唱：“叶子落了，就会长出新芽，真好！嘻，嘻，嘻。”

弟弟却哭了：“叶子落了，天气就冷了，有什么好？哀，哀，哀。”

鸟妈妈就会劝弟弟：“你最好是喜欢秋天，因为这辈子每年都会有秋天的落叶时光，喜欢秋天的鸟会比不喜欢秋天的鸟幸福。”

但是，弟弟总不听劝。

哥哥弟弟不只叫声不同、性情不同，奇怪的事情发生了，当它们长出羽毛的时候，连颜色都不一样了。

哥哥有着褐黑色的背羽，参差生长着青色、紫色的光亮羽毛，肩部、颈部、腹部的羽毛是纯白的，尾巴长长地翘起，像一把美丽的扇子。

弟弟呢？从头到尾都是黑漆抹乌的，从嘴到爪也是一片灰暗，它蹲在树上，就像是一个被废弃的蚂蚁巢穴。

哥哥整天欢喜地唱歌，行动敏捷，非常地爱美，所以它的巢总是筑在最高的树顶，编织得非常细致精巧，以致常被其他的鸟侵占。

弟弟整天悲哀地哭泣，动作迟缓，对生活没有什么寄望，所以它的巢随便用树枝胡乱地堆在枝丫上，是所有的鸟里最陋劣的巢。它还常安慰自己："我哥哥筑那么美丽的巢有什么用呢？最后还不是被鸠霸占，我的巢丑得没人要，才安全呢！"

哥哥受到人们的欢迎，认为它一出现总是带来喜庆，原先都叫它"乌鹊"，后来就叫它"喜鹊"了。

弟弟受到人们的讨厌，认为它是不祥的鸟，一现身就会被人驱赶，被称为"乌鸦"。乌鸦常在夜里哭泣，每次想到从前不听母亲的话培养开朗的心胸而悔恨不已，所以常常飞回去看母亲，带一些食物给母亲吃。因此，人们才说："慈乌反哺，乌鸦虽然不祥，唯一的优点是孝顺，所以不要杀乌鸦，只要赶走它就好了。"

喜鹊和乌鸦两兄弟常在森林里见面，每次见了，哥哥总是劝弟弟：

“弟弟！嘻呀！嘻呀！嘻呀！”

弟弟就会向哥哥哭诉：

“哥哥！哀呀！哀呀！哀呀！”

与淳珍游日本伊豆的国家公园，走着走着，越走越深，竟在森林深处的小径迷路了。

没想到因为迷路而看到一幅奇景，在一个小小的谷地中，有许许多多的大鸟飞来飞去，栖息在高大的树上。

我们坐在小路边的石头休息，静静地欣赏和聆听那些大鸟，听到鸟这样叫着：

“弟弟！嘻呀！嘻呀！嘻呀！”

原来是美丽的喜鹊，叫着令人欢喜的声音。

“哥哥！哀呀！哀呀！哀呀！”

原来是一团漆黑的乌鸦，叫着令人胆寒的声音。

静观那些喜鹊与乌鸦，它们的体积和身形颇有相似之处，我学着鸟的叫声，对淳珍说：“说不定在从前的从前，喜鹊和乌鸦是兄弟，只是因为个性不同，连长相和叫声都不同了呀！”

淳珍担心着我们迷路，赶不回去坐小巴士，我说：“嘻呀！嘻呀！嘻呀！赶不上小巴士，我们可以坐火车回东京，再不然，我们可以找警察想办法呀！”

于是，我们安心地在森林游逛，看了几家卖古董的小店，漫步到海滨，看川端康成笔下那从伊豆回东京的码头。

我们适时地赶回去坐小巴士。

回想着刚刚在伊豆公园迷路的美好的清晨，我觉得，只要我们有着欢喜的心情，人生里偶然的迷路，说不定可以找到一个新的情境呢！没想到因为迷路而看到一幅奇景，在一个小小的谷地中，有许许多多的大鸟飞来飞去，栖息在高大的树上。

在伊豆海滨的旅店，我完成了这个寓言。

我们会有偶然的迷路，也必然会有许多灰暗的时刻，但是人生不会因为我们的迷路或灰暗，而停止流转；世间的一切也不会由于我们情境的失落，而驻足不前。选择做喜鹊或乌鸦，决定了一个人在灰暗时刻的未来。

我的孩提时代生活艰难，但父母都是乐观主义。在我的童年最常听到的一句话是："欢喜也一工，痛苦也一工。"意思是每个人都有同样的一天，欢喜或痛苦不会使日子加长或减短，何不欢欢喜喜地过日子呢？生命的顺逆有时会超过我们的预期，但心情的悲喜却是自己可以选择的。

这种人生的信念深深地影响了我，我希望把它传给儿女，因此，把寓言系列定名为《以美为光》，但愿在灰暗的人生中，不只自己点燃，也互相点燃；在生命迷途的时刻，不只自己照亮，也互相照亮。

林清玄

二〇〇〇年春天

台北双溪清淳斋

第一章 落入人间的天使

如果，人能先为自己活着，然后为一切所爱的人活着，再为人类共同的未来活着，我深信，所有人间的天使都会长出翅膀，所有天上的天使都会快乐地飞翔。

落入人间的天使

一个贫穷的鞋匠，天气冷了，妻子差他到市区去买一条毛毯回来御寒。

到了市区，他才发现自己身上的钱根本不够买毛毯，喝酒却还是够的，他就跑到酒馆去喝酒御寒，看到酒馆外面躺着一个赤身露体的年轻人，皮肤白皙，相貌俊秀。

鞋匠心想:“这个人比我还要可怜，不如邀他一起去喝酒！”

鞋匠把身上的破披风脱下给年轻人，带他到酒馆去喝酒。

鞋匠问年轻人：“你是谁呢？怎么会不穿衣服躺在马路上？”

年轻人说：“我是一个天使，因为在天上犯了错，被贬到人间来，调查几件事情。”

“到人间调查些什么呢？”

天使说：“你不要问，说了你也不会懂的。”

鞋匠看天使无家可归，就把他带回家里，鞋匠的老婆知道丈夫又跑去喝酒，正要发作，看到丈夫带回来如此俊俏的青年，怒火也就熄灭了！内心对天使生起了莫名的爱意。

天使住在鞋匠家里，什么事也不做，只是对人微笑问候，和孩子玩游戏，或者单独在田野散步。

虽然天使什么事也不做，鞋店的生意却越来越好，不只是附近，甚至是远地的人，听说鞋匠家里住了一位俊俏非凡的青年，都跑到店里来做鞋子，鞋匠夫妇就很开心地招待天使。

但是只要问到“你到人间做些什么？”天使总是说：“你不要问，说了你也不会懂。”

有一天，鞋匠家来了一位富家公子，态度骄蛮地丢给鞋匠一块上好的牛皮，叫鞋匠为他做一双长靴子，说：“你给我好好做，我明天就要穿，如果明天还没做好，我就拆了你的店！”

说完，骑着马扬长而去。

鞋匠拿着那块牛皮正在发愁，因为纵使日夜赶工，一天也做不了一双靴子呀！这时，天使说：“你不用烦恼，也不用帮他做靴子，因为那个人马上就要离开人间了！”

鞋匠说：“真是这样子吗？”

天使说：“刚刚我看见他的背后站着一位天使，是来送他上天的，绝对错不了。”

天使的话才说完，刚才跟在富家公子身边的下人气喘吁吁地跑来，脸色惨白地对鞋匠说：“我们少爷刚刚骑马撞到马车突然死了，老爷吩咐我把原先订制的靴子改成寿鞋，以便葬礼时给少爷穿。”

鞋匠和妻子听了，大为崇拜天使，天使说：“说真的，我这次到人间，上帝给我一个任务，要找到人间的三个答案才能回去，第一个问题是：‘人拥有的最珍贵的是什么？’第二个问题是：‘人没有的最珍贵的是什么？’第三个问题是：‘人为何而活？’我已经找到两个答案，再找到一个，我就可以重返天国了。”

鞋匠问道：“你找到人拥有的最珍贵的是什么呢？”

天使说：“人拥有的最珍贵的是爱，就像你把我从街上带回来，而你太太接纳我，就是因为爱。”

鞋匠的妻子问道：“那么，人没有的最珍贵的又是什么呢？”

天使说：“最珍贵而人类完全无知的是预知未来的能力，就像那个富家少爷，他完全不知道下一秒钟的生死，如果人能预知未来，就可以减少许多错误！”天使若有所思地说：“现在，只剩下最后的答案，等我知道人为何而活，我就能回到天上了。”

日子一天一天过去，有一天，鞋匠夫妇居住的村庄闹饥荒，作物无法生长，存粮很快吃完了，人开始吃自己养的猫、狗等动物。

动物很快吃完了，为了保命，大家商议道：“只有吃人了。”然后共同决定：先吃生病的人、老人、小孩……

就在大家开会讨论的那一天，站在一旁的天使，突然若有所悟地笑出声音。

鞋匠夫妻询问他：“你找到答案了，是吗？”

天使说：“是的。人不为己，天诛地灭，人是为自己活着的！”

说完，天使的背上长出一对翅膀，飞上天去。

少年时代，读了托尔斯泰的小说《人为何而活》，内心有一些种子仿佛萌芽了一般，但那种子却显得模糊，不知道是什么样的种子。

到了中年，那些种子才逐渐清晰，人很容易有爱，但牺牲自己为他人着想的爱，却是艰难的。

人是可怜悯的，我们有许多负面的情绪和人格，是因为对未来的无知所导致的。

“人为自己而活”的观念并不可怕，如果，人能先为自己活着，然后为一切所爱的人活着，再为人类共同的未来活着，我深信，所有人间的天使都会长出翅膀，所有天上的天使都会快乐地飞翔。

黑蚂蚁与红蚂蚁

一群红蚂蚁在柚子树下找到一只毛毛虫的尸体，想把它扛回家去。

才走没多久，就遇见一群身材高大的黑蚂蚁，黑蚂蚁说：“此树是我栽，此路是我开，要从此路过，留下毛毛虫！”

红蚂蚁当然不肯，千辛万苦地快到家门口，怎么可能把毛毛虫送给黑蚂蚁。

两群蚂蚁于是在路上展开生死决战，红蚂蚁身体小、数量少，很快就死伤狼藉，一只红蚂蚁飞快地跑回巢穴报告蚁后：“我们的毛虫被黑蚂蚁抢走了，又杀死了不少弟兄！”

红蚁后立刻派出数量庞大的兵蚁去应战，很快地转败为胜，杀死了大部分的黑蚂蚁，一只黑蚂蚁飞快地跑回巢穴报告蚁后：“我们的毛虫被红蚂蚁抢走了，又杀死了不少弟兄！”

黑蚁后非常震怒，立刻派出大量的兵蚁和红蚂蚁决战。

就这样，两群小蚂蚁在树林中战斗，生死的惨烈不输给人类的战争，它们的喊声震天，惊动了住在另一边的食蚁兽，蚂蚁的呼喊在它听来就像闻到了芬芳的饭菜。

当食蚁兽赶到的时候，黑蚂蚁与红蚂蚁拼命奔逃，却很难逃脱食蚁兽又长又黏的舌头，很快就被扫食一空。

食蚁兽又沿着蚂蚁逃亡的路线，找到黑蚂蚁与红蚂蚁的巢穴，把巢穴剥开，吃光了里面的蚂蚁。

饶幸逃出巢穴的小蚂蚁，不解地问蚂蚁爸爸：“为什么会发生这么大的一场战争，并引来全面的毁灭？”

蚂蚁爸爸长长地叹了一口气：“还不都是为了一条毛毛虫呀！”

到日本的大阪旅行，终于参访了向往已久的大阪城。

大阪城从台阶开始，全部用巨大的石头砌成，显得厚实而雄伟，但里面的历史就不是厚实雄伟，而是残忍而惨烈了。

大阪城从一楼到顶楼，四周墙上都挂着战争的图画，是德川家康和丰臣秀吉两大家族决战的历史，为了争逐天下，一战又一战地对打，死亡也成为平常的事了。

走出大阪城堡，散步于大阪城的石路，看到在大阪城的四周公园有许多“浮浪者”，他们都是在强大社会竞争中逃离家庭和社会的中产阶级，宁可在公园搭棚子做流浪汉。

我想到，这些“浮浪者”也有许多是德川或丰臣部将的子孙吧！他们所争逐的天下虽与祖先不同，但生命的残酷并无不同呀！

夜里，住在大阪的旅店，打开电视，看到 Discovery 频道在播出蚂蚁的报道，看到两群蚂蚁为了一只小虫而杀成一团，死去的蚂蚁何止千万，看得令人惊心动魄。

为了争夺大阪城而战死的人，和一群为了争夺毛虫而战死的蚂蚁有什么不同呢？

不害怕的小鹿

有一个猎人，带着一群猎狗上山打猎，打死了一只母鹿。

他看到母鹿身边有一只刚出生的小鹿，非常羞怯可爱，就带回家去饲养。

猎人家里的猎狗，每天都盯着那只小鹿，想把它吃了。一开始，小鹿非常害怕，只要有狗靠近，便会乱蹦乱叫，猎人发现了，就会毒打那靠近小鹿的狗。

慢慢地，猎狗都知道挨近小鹿会被毒打，就渐渐打消吃小鹿的想法。

小鹿也变得不害怕狗了，天天在猎狗中跳来跳去，玩耍游戏，把狗当成是自己的好朋友。

猎人也感到放心，不再把小鹿关起来，放它在狗群中自由活动。

小鹿的玩心很重，有一天，悄悄地跑出猎人的家，看到村外有一群野狗在戏耍，它想："狗应该是我的好朋友吧！"它失去戒心，也不感到害怕，就想跑去和野狗玩耍。

没有想到，看到小鹿靠近的野狗，一拥而上，不但立刻把小鹿咬死，还把它撕碎，吃得一丝不剩。

小鹿一直到死前的最后一刻，还搞不清楚为什么狗要咬死它。

我们给孩子讲故事的时候，有时候会讲到一些负面的人物，如果孩子反应强烈，日后我们常会用那些人来吓阻孩子不当的行为。

“你再不闭眼睛睡觉，虎姑婆就来了！”

“如果不关电视，贞子就会从电视里爬出来。”

“这么晚再大吼大叫，会被魔鬼捉去当儿子。”

此外，像老巫婆、大野狼、恐龙，甚至警察，都会成为吓孩子的对象。

有时候我会想，这样吓孩子当然有效，可是会不会让孩子心中留下阴影呢?

后来，我想，适当的恐惧、适度的胆小、适量的害怕，对孩子是好的。如果从小就胆大妄为，什么也不怕，或者生活在没有负面人物的世界里，不但会使孩子失去防御能力，也使孩子失去应对危机的能力。

向外行人问病

秦武王的颧骨上生了一个瘤，这个瘤正好长在耳朵前面、眼睛下面，秦武王感到痛苦不堪，便命人把最好的医生扁鹊请来治病。

扁鹊仔细地为他把脉，检查了他的毒瘤，对秦武王说："陛下的瘤，长在颧骨上，虽然长的位置十分敏感，凭我的医术应该不会有大碍，明天我就带手术刀来为陛下割除。"

扁鹊走了以后，秦武王非常担心，便问大臣的意见。

有的大臣说："这个瘤长在骨头上，扁鹊如何单凭把脉就会知道呢？莫非他有什么不轨的意图？"

有的大臣说："是呀，是呀！这个瘤长在耳朵前面、眼睛下边，如果有什么不轨的意图，很容易把陛下的眼睛刺瞎、耳朵搞聋。"

有的大臣说："即使不存什么意图，一不小心，也会伤到眼睛和耳朵，到时候耳不聪、目不明，如何治理国事呢？"

有的大臣说："以陛下的福德，天下无人能比，这毒瘤说不定会自然地消失呀！"

大家你一言我一语，说得秦武王非常不安。

第二天，扁鹊带来了治病的用具，秦武王一见到扁鹊，就说："你不用帮我割除这个瘤了。"

扁鹊说："陛下如此疼痛，为什么突然不肯治疗呢？"

秦武王就把昨天大臣们的话，对扁鹊说明。

然后说："我想想也有道理，万一为了一个瘤而伤了耳目，岂不是得不偿失？"

扁鹊听罢，非常生气地把刀针药石都丢在地上，说："陛下与内行人商量好的事情，就应该由内行人决定成败；却听信一些外行人胡说八道，你的耳目真的坏了，谁来负责呢？"

扁鹊生气地走了。

不久之后，秦武王的毒瘤扩散，眼睛瞎了，耳朵聋了，也送掉了性命。

午后，天气晴好，与朋友一起去泡药草浴，朋友谈到近几年，有线电视台增加很多，他家里的电视频道就有八十几个，光是用摇控器巡视一次，就要三十分钟。

"奇怪的是，谈话性的节目很多，发表意见的总是那几位，在这一台谈着婚姻爱情的人，忽然在另一台谈政治经济；在上一台谈着命理风水的人，却在下一台谈减肥瘦身……我常常在想：他们怎么那么闲，整天上节目？他们怎么那样爱讲话，什么都要讲？他们为什么什么都懂？电视台是不是请不到真正的专家？"朋友说。

"更奇怪的是，这些谈话节目有叩应时间，每一位观众可以发表二十秒的意见，观众里虽有不少内行的人，却往往问候语一说完，镜头就被切断了。所以，谈话性节目就是外行人谈话的节目呀！”朋友又说。

我安慰朋友，应该把谈话节目当成综艺节目来看，越外行的言论越有娱乐效果，越离奇的说法越有收视率。

至于那些每天谈话的人则当成是演艺人员，谁会要求演艺人员的谈话内容呢？

洗完药草浴，我想到作为一位阅听人，虽不免会听到许多外行人的说话，但在真正抉择的时候，最好是听内行人的意见。

否则坏了耳目，谁来负责呢？

看门的仆人

有一个人要出门远行，特别吩咐仆人："在我出门期间，你好好地看好大门，系好绳索，绑住驴子。"

主人走后不久，邻村的某户人家，请戏班子来搬演野台戏，锣鼓喧天，非常热闹。

仆人忍不住想到邻村去看戏，但是又不敢疏忽自己的职责，想来想去，都想不到好方法。

后来灵机一动，终于想到一个天衣无缝的法子："主人出门前交给我三个工作：看好大门、系好绳索、绑住驴子。我如果把大门拆下来，用绳索捆在驴子的背上，然后坐在门板上去看戏，不是既完成了主人交代的工作，又能看戏吗？"

仆人就依计而行，没想到看完戏回来，家里遭了小偷，所有的财物都被搬空了。

主人回家，非常生气："家里的财物呢？"

仆人说："被小偷偷走了。"

"我不是叫你看好大门、系好绳索、绑住驴子吗？"

仆人说："主人说的我都一一照着做了啊！"他进入后院把驴子牵来，驴背上还绑着大门，仆人又说："主人，你看，这大门、绳索、驴子，不都是好端端的吗？"

主人说："叫你看好大门，正是为了家里的财物，财物丢掉了，留着门还有什么用呢？”

在日本旅行，我最羡慕的是，不论城市或乡村，几乎没有铁窗、铁栅。

乡间偶有栏栅，都是美丽的花木围成的，常看见的是茶花、曼陀罗、竹子、七里香植成的围篱，非常美丽。也有素朴的竹木和砖墙，都有几分禅意。

城市偶有铁窗，则是白色或绿色的格子窗，不会显得突兀和碍眼，即使格子铁窗也很稀有。由于没有铁窗，房子都显得窗明几净。

朋友告诉我，日本之所以没有铁窗，治安良好当然是重要的，更重要的是，日本人不会在家中摆放贵重的物品，家里只有简单的家具、橱柜、电器，小偷进去也会发现没什么好偷，久而久之，就没有多少小偷了。

“既然家里没有贵重的财物，自然用不着铁窗了。”朋友说。

回到台北，我特别注意起街巷中的铁窗，看到有许多屋舍残破窄小，却装了崭新坚固的铁窗，我就会想：“那小屋子看起来就没有什么财物，装大铁窗又是在保卫什么、防护什么呢？”

想到我们保卫的是人最基本的生命与尊严，我们防护的则是人心的险恶与堕落，就会冒出一身冷汗。

海山的归处

唐朝会昌年间，有一群商人组了商船，一起到海外做生意。

没想到在海上遇到大风，船飘到一个岛屿，岛上除了美丽的海滩，还有一座翠绿的高山。

商人们在海上漂泊了许多天，早就又饿又累，便立刻跑到山边。那座山树木非常苍翠，百花盛放，树上结满了果实，又有瀑布湖泊，就像是传闻中的仙山。

商人们一边采野果充饥，一边看见在林荫深处，还散落着琼楼玉宇，华丽庄严，非人间可比。

正在大家赞叹的时候，突然看见一位穿着道袍的道士来到面前。

商人们纷纷向前问讯："请问道人，这里是什么地方？"

道士说："这里是蓬莱山，只有得道成仙才能来，你们有幸来到这里，就休息几天再回去吧！"

"蓬莱山？那不就是传说中的仙山吗？"商人们一听十分高兴，央求道士带他们到处参观。

道士带着商人们游蓬莱山，处处都是惊奇，宅院一栋比一栋华美，花草一园比一园争艳。走着走着，突然看见一座大宅院，气势非常雄伟，奇怪的是，前面的宅院都是开放的，只有这座宅院大门深锁。

商人们问道：“为什么这宅院大门深锁呢？”

道士说：“这就是白乐天的仙府，他还没有来呢！”

商人们一听大为惊叹！白乐天不就是鼎鼎大名的诗人白居易吗？他的诗歌安慰了许多人的心灵，以后来到仙山也是很自然的事呀！

商人们在蓬莱山住了几天，修好了船就回到家乡，并把在仙山看到白居易府第之事传了开来。

这传闻到了白居易的耳朵，当他知道自己住在仙府、名登仙籍、在仙山有房子，不但没有随着高兴，反而写了一首嘲讽的诗：

吾学真空不学仙，
恐君此语是虚传。
海山不是吾归处，
归即须归兜率天。

意思是说，我向往的是空的境界而不是神仙的境界，恐怕这是别人的误传，海上的仙山不是我归去的地方，我的归处是在清净的兜率天上。

从前读白居易的传记，这个故事给我深刻的感触，有疑惑也有赞叹。疑惑的是：“蓬莱仙山既然那么好，商人们有幸登临，为何还要离开呢？”赞叹的是：“像白居易这种胸中自有仙山的人，海外的仙山府第又有什么稀罕呢？”

不要说海外的仙山是真假莫辨的，即使是我们身处的现实也是真假混淆的。我们所居的世界虽然只有一个，却也是亿万个世界，因为每一个人都是生活在自己的世界。

好心情看见的是神仙世界。

坏心情看见的是地狱世界。

真实的眼光，看见真实的世界。

虚伪的眼光，看见虚假的世界。

我们不是活在同一个世界，我们是带着自我的世界和别人的世界相会或碰撞而已。

当别人用他们自我的投射，误解了我们，那是碰撞！

当别人和我们有了相同的投射，那是相会！

那是为什么商人眼见的蓬莱仙山，并非大诗人白居易向往的所在，因为商人有自己的向往，白居易也有自己的归处。

我想，每个人都应该在自己的心灵创建一座仙山吧！

猎人和他的三只猎物

有一个猎人，在森林打猎一整天，总共猎了三只动物，在黄昏时收工回家了。

回家的路上，他遇到一只狒狒，狒狒问他说："猎人，你今天收获如何？"

猎人说："我今天只猎到三只动物，它们都是森林里最丑的动物！"

狒狒说："那我就放心了，我那美丽的孩子走失了，我还担心被你猎到了呢！"

猎人继续往前走，遇见一只豪猪，问他说："猎人呀猎人，你今天猎到什么动物？"

猎人说："我今天只猎到三只动物，它们都是森林里最丑的动物！"

豪猪说："那我就安心了，我找不到我可爱的孩子，还担心被你打到了呢！"

猎人再往前走，遇见了一只乌鸦，停在枝头上问他："猎人先生，你今天猎到哪些猎物？"

猎人说："我今天只猎到三只动物，它们都是森林里最丑的动物！"

乌鸦说："那我就不用担心了！我一时找不到我那漂亮的孩

子，还烦恼着会不会被你猎到呢！”

猎人终于回到家里，打开布袋，倒出三只猎物：狒狒、豪猪和乌鸦。

在咖啡厅里，听到四个妈妈在谈自己的孩子，格外吸引我的注意。

妈妈们谈起孩子和谈起老公是完全不同的，谈起老公都是在比烂，比谁最辛苦、最委屈、最挫折；但谈起孩子都是在比好，比谁的孩子最优秀、最杰出、最有前途。

听妈妈比孩子，或以孩子作为比赛的工具，使我既感动又感慨。感动的是妈妈那种包容、深刻的爱，可以把丑小鸭看成白天鹅；感慨的是天下的父母如此看孩子，孩子眼中的父母又是如何呢？孩子是否也能看出妈妈的美丽、可爱和漂亮呢？

请乌龟去买阿司匹林

兔子和乌龟赛跑，输了以后，心情非常郁卒，就约了一群兔子朋友喝酒解闷。

喝酒一直喝到晚上，大家都醉了，头痛得要命。

一只兔子说："我们应该去买一些醒酒的药回来。"

另一只兔子说："喔！不要买醒酒药，那些都没有通过药品检验，不但没有效果，还可能对身体有害呢！"

还有一只兔子说："对呀，对呀！还是买传统的阿司匹林好了，头真的痛得要命呀！"

这时，突然听到一个低沉的声音说："如果你们不嫌弃的话，我愿意帮你们去买阿司匹林。"

兔子们回头一看，原来是早上那只跑赢了的乌龟，正在向它们示好。

一只兔子就说："这只乌龟最有恒心和毅力了，它也不会在中途躺下来睡觉，我们就请它去买阿司匹林吧！"

兔子们都说好，就拿了钱请乌龟到最近的市镇买阿司匹林。

乌龟走了，喝醉酒的兔子们躺下来休息，等待乌龟买阿司匹林回来，不知不觉就睡着了。

过了一夜，兔子们从沉睡中醒来。酒醒了，头也不痛了，这时它们才发现去买阿司匹林的乌龟还没有回来。

又等了一天一夜，到第三天的清晨，乌龟才喘着长气回来了，嘴里含着一包阿司匹林。

兔子们就责怪地问它：“你跑到哪里了，到现在才回来？我们等得酒都醒了，头也不痛了，现在根本不需要阿司匹林了！”

乌龟生气地说：“我什么地方也没去，中途也没有休息，一刻不停地跑去帮你们买阿司匹林，累得半死，你们不但没有感谢我，还责怪我！现在，我的头好痛，阿司匹林给我吃好了！”

兔子们面面相觑，说：“乌龟还是乌龟呀！它侥幸赛跑赢了，但速度并没有变快呀！”

小时候，听到“龟兔赛跑”的故事，都会忍不住赞叹那只有恒心、有毅力、不休息的乌龟。

长大以后，有时候会想，跑输了赛跑的兔子会怎么样呢？跑赢了的乌龟又会如何呢？兔子会不会变得更警觉？乌龟又会不会跑得更快呢？

其实，兔子和乌龟都有自己的本质和优点，兔子因为无法自我防卫，跑得快、跳得远是唯一的武器；乌龟自己没有武器，只有用壳来防卫自己，但沉重的壳，也使它无法快速地走路。

因此，对一只兔子，如何跑得更快、跳得更远，是重要的；但对一只乌龟而言，如何在缓慢地行走中保证安全，也是重要的。

如果要买阿司匹林，应该让兔子去；如果要背负重物，应该让乌龟去呀！

凤凰的传说

有一位居住在深山里的樵夫，砍柴的时候偶然捉到一只山鸡，山鸡有着艳红的鸡冠、宝蓝色的羽毛、七彩又纤长的尾羽。

樵夫到山下卖柴火的时候，顺便把山鸡带到城市去卖。

城市的人没有见过山鸡，纷纷跑来看那只美丽的鸟。

大家都忍不住地询问："这是什么鸟呀？"

樵夫说："怪不得你们不认得，这就是传说中的凤凰呀！"

有的人就问："你这是要卖的吗？要卖多少钱呢？"

樵夫说："我听说得了凤凰的人就能福报绵延、庇荫子孙，所以这只凤凰是无价之宝。我正在寻找有缘有德的人，做这只凤凰的主人，价钱根本不是问题。"

看过那只凤凰的人，都非常赞叹，却也觉得自己的福德不够拥有那只凤凰。

城里出现一只凤凰的事，很快就传扬开来。有一个读书人听见了，心想："如果是凤凰，就应该献给皇帝，龙凤合鸣，才能天下太平呀！"

于是，读书人就跑去找樵夫，出一百两银子要买凤凰，樵夫假意不肯，说："这凤凰，天下可能只有一只，怎么能以这么便宜的价格出售呢？"

读书人又加了几次价，樵夫还是不卖，最后，读书人加到五百两银子，并告诉樵夫："我买这只凤凰并不是为了自己，而是要献给皇帝祈求天下太平呀！"

樵夫说："既然是要献给皇上的，我就以五百两银子卖给你吧！"

读书人欢天喜地地把山鸡买了回去，计划着找个吉日，把凤凰带到京城，献给皇帝。但是，没想到山鸡在第二天就死掉了。

读书人悲痛地抱着山鸡的尸体，到郊外去埋葬，还为山鸡做了陵墓，立了墓碑，在山鸡的墓旁哭了几天几夜。

有一天，一个地方官凑巧经过，就问他说："你为什么哭得如此伤心呢？"

读书人说："我在非常稀有殊胜的因缘中，用平生的积蓄买到了一只凤凰，想要献给皇帝，没想到凤凰竟然死了，我才伤心地痛哭呀！"

地方官听了，非常感动，便把读书人的故事写成奏折，报到京城。而这件事情也经过了人们的加油添醋，流传了整个国家，人人都以为读书人买到的是一只凤凰。

有的人说："凤凰的鸣声像是天籁，人间从来没有听过。"也有人说："凤凰的身上印着五彩的祥云。"还有人说："凤凰的眼睛和脚爪都是金色的。"

皇帝听到了这个消息，内心非常遗憾，遗憾无缘见到那只美丽的凤凰；也非常感动，感动于读书人献凤凰的忠诚。

为了表扬读书人，皇帝特别把他召到皇宫，并且赏赐他五千两银子，补偿他买凤凰的损失；皇帝还封他一个官位，让他专职去寻找凤凰，因为他是唯一知道凤凰长什么样子的人。

读书人找到最好的画工，仔细地描绘了凤凰的长相，为了使凤凰显得更高贵，他还加上许多自己的想象。最后把凤凰的画像颁布，并立下重赏，赏给能找到凤凰的人。

当然，从来没有人找到过一只凤凰，奇怪的是，所有的人都知道凤凰的长相。

去参观一个“千禧龙”的展览，使我感到有点意外。

第一个意外是，不论是中国，还是美国、日本、欧洲的艺术家，创作出来的龙的形貌都大同小异。

第二个意外是，不论是琉璃、水晶、瓷器、玉石、木头，都把龙造得活灵活现、细腻非凡。

龙，真的就长这个样子吗？这个世界上真的有龙的存在吗？如果有龙，为什么我们没有半点证据呢？如果无龙，为什么大家都知道龙的长相?

在21世纪，透过世界各大名厂，制造出许多限量的“千禧龙”收藏品，龙的形貌又更广为人知了。

一个只存留在想象和记忆中的动物，会如此形象鲜明，已经是很奇怪了。更奇怪的是“龙凤配”或“龙凤呈祥”，一个是爬虫类，一个是鸟类；一个可以入水悠游，一个却无法入水。它们又怎么配在一起呢？这个世界上的凤凰是怎么来的？又是如何和龙配在一起呢?

龙已经够神奇了，凤凰更神异。根据《说文》里的形容，凤凰是前半部像鸿雁，后半部像鹿；颈子像蛇，尾巴像鱼；额头像鹳，脸颊像鸳鸯；身上的文彩像龙，背部却像乌龟；燕子的下颌，却有鸡的喙子；羽毛五色都有。

当我读到“鸿前鹿后，蛇颈鱼尾，鹳颡鸳思，龙文龟背，燕颔鸡喙，五色备举。出于东方君子之国，翱翔四海之外……见则天下安宁”，真的很难想象凤凰到底长成什么样子。

我想着：在很久很久以前，凤凰会不会只是一只美丽的山鸡？或者，凤凰是始祖鸟，而龙是恐龙的记忆呢？

谦虚先生的女儿

从前有一位先生，他认为人生最重要的品德是谦虚。

他认为，海会变得那么大，是因为谦虚、卑下地容纳了每一条河流。

他认为，山会那么高，也是由于谦虚、卑下地容纳了每一棵树、每一株草、每一粒石头和细土。

他认为，云会那么自由，更是由于谦虚。云不占据固定的位置，随风飘流，即使飘到最偏远的地方，依然自由自在。

他认为，大地会如此广大，正是谦虚的极致，任人蹂躏、任人践踏、任人破坏、任人索取，却毫不怀恨，依然生长好吃的作物和美丽的花朵，是多么的谦虚呀！

正因为他是如此谦虚，认识他的人都忘记他的名字，叫他“谦虚先生”。

正因为他信奉谦虚的信仰并且实践，所以他虽然富有，却对贫困的人以礼相待，与人见面或告辞的时候，总是九十度地鞠躬；他虽然学识渊博，总是谦称自己所知有限；他虽然有很多优点，却常说自己是一个粗鲁无文的莽夫。

谦虚先生有两个女儿，养在深闺里，都长得美丽非凡，又知书达礼，可以说是少见的天姿国色。

有人偶然看到了，就对谦虚先生说：“谦虚先生真好命，生了两个知书达礼、容貌美丽的女儿！”

谦虚先生说：“哪里，哪里！小女的长相平凡，简直可以用丑陋来形容，又粗俗又愚笨，也没有读过几本书，真是不足挂齿，不足挂齿呀！”

那人又说：“不会吧？我刚刚明明看见两个美丽的少女走入你的家门呀！”

谦虚先生说：“您一定是看错了！如果您真的看到美女，那就是邻居的女儿来串门子的。”

那人满腹狐疑，摇摇头走了，到处对别人说：“谦虚先生的两个女儿又粗俗又愚笨，又不读书，但他的邻居却有两个美丽的女儿。”

又有人来问谦虚先生，他总是说：“小女质陋貌丑，不足挂齿，不足挂齿呀！”

久而久之，人人都信以为真。谦虚先生的女儿丑陋的名声传遍乡里，到了婚嫁年龄，全国竟然没有半个人来提亲，倒是谦虚先生邻居们那些资质平庸的女儿很快就嫁光了。

很快地，谦虚先生的女儿已经三十几岁了，依旧很美丽。她们的心里也很着急，却没有人上门求聘。谦虚先生也总是说：“不足挂齿，不足挂齿！”

又过了几年。

有一个住在遥远山村的中年人，因为家里贫穷，又得了天花，长得十分丑陋，也不识字，所以一直讨不到老婆。听说谦虚先生的女儿年纪大了，又粗俗又愚笨，应该可以和自己匹配，就准备了简单的聘礼，向谦虚先生求聘。

谦虚先生看着那个庄稼汉，实在无法和女儿匹配，但因为做人太谦虚了，就答应了他的提亲。

谦虚先生的大女儿出嫁以后，大家才知道他的女儿美丽聪慧，人间少有，于是，许多名门望族才纷纷地来求亲。

谦虚先生的家，一时门庭若市，但他还是坚持地说："小女质陋貌丑，不足挂齿，不足挂齿呀！"

认识中华文化的人，应该会同意，我们的文化里有许多西方没有的特质，其中一样就是谦虚，我们也往往把谦虚当成美德。

但是，谦虚如果不是建立在了解的基础上，就会变成客套和虚假，错失了人生里重要的事物。

所以，谦虚者不是卑下，而是包容。谦虚者不是无知，而是无求。谦虚者是让优点更平实，却也不扭曲缺点。

谦虚者最重要的是，对人抱持着礼敬的心，不只礼敬一般的人，也礼敬自己的妻子儿女。如果一味地贬抑自己，来讨好别人，做谦虚先生的女儿就太可怜了。

完美的学生

孔子是最知名的老师，天下的许多英才都千里迢迢地拜他为师。

有一天，孔子收了一个新的学生，叫作子夏。子夏看到孔子后，非常吃惊，因为孔子看起来只是一个普通的老头子。论相貌，并不英俊潇洒；论身材，也不壮硕俊逸；论谈吐或聪明，也只是普通而已。

子夏就想："我的老师是天下最有名的良师，可是看来并没有什么特异之处呀！会不会是传言太过头呢？"

子夏又反观自己的同学，几乎个个都是人中的龙凤，有许多人的身材相貌比老师英武得多，还有一些谈吐和聪明也不输给老师。

子夏想着："这到底是怎么回事呢？这些人既已比老师优秀，又何必从各个国家千里迢迢、翻山越岭地来追随老师呢？"

有一天，他实在忍不住了，就跑去找老师问个明白。他跪在老师的身边，急切地提出问题。

子夏问孔子："老师呀，您觉得颜回的为人怎么样？"

孔子知道子夏的心思，就说："颜回的仁义比我好。"

子夏："那么，您觉得子贡的为人怎么样？"

孔子说："子贡的口才比我好太多了。"

子夏："那么，子路的为人又如何呢？"

孔子说："子路的勇敢远远地胜过我呀！"

子夏："那么，子张的为人又怎么样呢？"

孔子说："子张的为人庄重是我万万不及的呀！"

子夏本来是跪着的，这时吃惊地跳起来，说："老师，这就是我一直想不通的问题。这些学生都比您好，为什么他们要拜在您的门下学习呢？"

孔子笑了起来，说："来，你不用跪着，也不用站着，坐下来，让我告诉你。颜回的仁义心很强，但是不知道变通；子贡的口才很好，但是不够谦虚；子路非常的勇敢，但是不懂得退让；子张为人庄重，但是与人合不来。这些学生，各有所长，各有所短，我可以看出他的长处和短处，发掘他们的优点，改善他们的缺点。他们虽然都有比我强的地方，却并不是完美的，这是他们一直跟着我，不愿意离开我的原因呀！"

孔子是伟大的老师，以前读《论语》时对他并没有太深刻的体认，后来读到《列子》的这一章，才深深地感动。

"师不必贤于弟子，弟子不必不如师"，这才是文明向前发展的动力。当老师的看学生，要有这样的胸襟；当学生的看老师，也要有这样的气概。这也是俗语说的："有状元学生，无状元老师。"

不只是师生之间是这样，父母与子女、上司与下属不也是这样吗？天下并没有完美的学生，也没有完美的子女或下属。

如何激发潜能，使优点、长处得以发挥，并改进缺点、弥补短处，才是教导者的责任。

我非常喜欢禅师说的：“见不及师，减师半德；见过于师，方堪传授。”——一个见解达不到老师水准的学生，等于使老师的德行减了一半；一个见解超过老师的学生，才值得传授呀！

对于一个从学校毕业多年，没有老师的人，除了经常忆念老师的教导之外，则只有“以法为师，以自为灯”——以大自然的一切来学习，以万法做老师；以自己为灯光，照亮自己的路，时时看清自己的优点与长短呀！

煎麦与干草

从前，有一个国家叫大月氏国，这个国家的人有一个风俗，就是用酥油煎大麦来喂猪。酥油煎大麦是很香的，香味往往传扬到数里之远。

有一天，一匹正在受骑兵训练的小战马，偶然路过猪寮，远远地就闻到煎麦的香味。它走近一看，大吃一惊，因为一群肥猪正在享用堆积如山的酥油煎麦。

小战马回到马房，就对马妈妈说："妈妈，我今天路过猪寮，看到那些肥猪什么都不做，可是三餐却吃着香喷喷的猪油煎麦。"

"噢！"马妈妈随意应了一声，继续低头吃面前的一把干草。

小战马看妈妈不在意，非常生气地把眼前的干草踢开，忿忿不平地对妈妈说："我们算什么呢？天天为国家卖命，出生入死，劳苦受累，可是人们只给我们吃一些干草，喝一些普通的水，真是太不公平了！"

马妈妈说："你不要有这样的想法，有干草可吃、普通的水可喝，就要心存感激。你不用羡慕那些肥猪，喝酥油、吃煎麦，很快就会看到它们的下场。"

过了不久，新年到了，有一天小战马路过猪寮，没有闻到煎麦的味道，反而听到肥猪的嚎叫声。它好奇地靠过去看，肥猪都已经被捆绑起来，躺在猪寮的地上，悲哀地啼哭。

小战马问肥猪："我不久前才看见你们吃酥油煎大麦，今天怎么会被五花大绑，躺在这里哭呢？"

一只肥猪说："因为过年了，我们要被带到市场宰杀呀！"

小战马问道："既然知道有一天要杀你们，为什么还喂你们吃酥油煎大麦呢？"

肥猪说："那是因为人们认为用酥油大麦喂的猪，肉最好吃，而且长得最肥最快呀！"

"哇！原来如此。"小战马说。

正在谈话的时候，一群人走进猪寮，把捆好的肥猪抬了出去，一路上只听到肥猪的嚎叫声。

小战马回到马房，把猪寮的情形告诉了妈妈，但是它还有一个疑问："肥猪因为吃得太好而被宰杀，这一点我能了解，但是我们也未免吃得太糟了吧！"

马妈妈说："我们生为战马，有时候一作战就要奔行千里，吃荒漠里的野草，喝地上的脏水，时间长达一年半载。如果平常不吃苦耐劳，到了战场根本无法作战，很快就会生病死亡了。"

小战马听了十分感动，从此觉得干草和积水格外鲜美，连主人赏赐的大麦，也不敢多吃了。

读二月河的小说《雍正王朝》，高潮迭起不在话下，但最令我感动的是，雍正的一生过得非常俭朴。当他的大臣一餐要吃七十二道菜，妃子一餐吃二十四道菜的时候，他的食物就是几两饭、一品锅、一盘青菜、一碟豆腐。

他每天只睡两个时辰，席不暇暖。他忧心国事，因此衣食住行，全不讲究。

一个皇帝过这样的生活，完全出乎意料，一个皇帝又为什么要过这样的生活呢？

一个原因是，雍正从小学佛受斋戒，建立了简单的生活方式。另外，他觉得过俭朴的生活，比较能接近百姓的心。还有，他认为旗人得了江山之后，过着豪奢的生活，将会很快失去江山，所以励精图治，不求享受。

雍正的努力，终于为清朝打下了三百多年的基业。

我想着：雍正创建的帝国基础和青菜豆腐有没有关系呢？

“绝对的权力，绝对的腐化”，这是人人都知道的话，但是，在绝对的权力中，如果有相对的警觉，腐化也不是那么绝对的。

所以，普通人在生活中也应有这样的警觉，不要常想吃酥油煎麦，吃清水干草时，反而能激发人的斗志。

一个政党也是这样的，吃惯了酥油煎麦，再回来吃清水干草，当然是不会习惯的，如果是为了奔行千里做准备，吃野草也会甘之如饴，最优秀的战马不都是吃干草长大的吗？

争夺空中的雁子

有两个猎人一起去打猎，在旷野里看见一群雁子从空中飞过。

于是，他们同时拉起弓箭，对着空中瞄准，一个猎人说："这一群大雁长得非常肥硕，煮了一定很好吃。"

另一个猎人一听，放下弓箭，笑了起来："从前听朋友说你笨，我还不相信，现在听你这么说，终于知道你很愚笨了。"

想煮雁子的猎人听了，也放下弓箭，说："你这是什么意思？"

"你没听过古人说'舒雁烹宜，翔雁燔宜'吗？池塘里的雁子，因为肥大油多，煮起来滋味鲜甜；空中的雁子，肌肉强健，烤起来又香又酥。所以，等一下射了雁子，当然是烤了好吃。"

第一个猎人不服气地说："那只是一种说法而已，依我的经验，只要是雁子，不管是池塘里的或者空中飞的，煮的都比烤的好吃，你听信了别人的一句话，自己却没有任何经验，这才是如假包换的蠢人呢！"

两个人在旷野里，为了"射下来的雁子到底要用煮的，还是烤的"争得面红耳赤，最后决定找人评理。

他们到城里找了一个有智慧的人评理，有智慧的人说："这个很简单，你们打下来的雁子，一半煮、一半烤，一雁两吃，这样一方面满足了你们的心愿，一方面也能知道是煮的好吃，还是烤的好吃。”

两个猎人听了，满意地离开，一起回到旷野去射雁子，但是那群大雁早就飞得无影无踪了。

他们等了一整个春天，再也没见到雁子，一直不知道雁子是煮了好吃，还是烤了好吃！

空话当然是说得越大越动听，越能打动人心，至于有没有吃到雁子肉，犹其余事呀！

古书里另外有一个寓言，也很有趣。

一个乡下人向邻居谈论自己的志向：“我要是有一百亩地来种稻子，这一生就心满意足了。”

邻居听了，嫉妒不已，说：“要是你有一百亩稻田，我就养一万只鸭子，吃光你的稻子。”

两人争论不休，最后竟打起架来，互相扭打着要去告官。

他们连衙门也不认识，路过一个白墙红门的学堂，以为是衙门，就扭打着冲了进去。

正好有个秀才在大堂踱步，他们以为是大官，就跪在地上，互相控告对方。

等他们诉状完毕，秀才慢条斯理地说：“你先去买一百亩田，你先去养一万只鸭子，等我进京去赶考，我考上了，做了官，再来审理你们的案子！”

王子落难记

有一个国王，带着小王子乘船远游。

到了海边，小王子看到海那么广大，船却那么渺小，当场放声大哭，根本不肯上船。

国王只好命随从把王子拖上船，但是小王子被骄宠惯了，在船上大哭大闹、又撞又跳，系在岸边的船更是摇晃不已。

国王十分烦恼，却也无计可施。

驾船的老船夫就对国王说："大王，如果您舍得让王子吃点苦，把王子交给我，我可以让他很快地安静下来。"

国王说："好吧！就照你的方法去做。"

老船夫一把抱起小王子，把他扔进了大海。

小王子再也顾不得哭闹，只能大声地呼救；老船夫也不理他，看他在海里拼命挣扎。直到小王子快支持不住了，老船夫才跳到海里，把王子救了上来。

老船夫用早就准备好的大毛巾帮小王子擦干身体，再用厚厚的毛毯包着王子，把他放在甲板上晒太阳，并对小王子说："船上比海里好得多了，王子在这里休息一下，我叫人煲一碗热汤来给王子喝。"

王子安静地在甲板上晒太阳，一副心满意足的样子。

国王看到小王子的转变，很疑惑地问老船夫："这里面到底有什么奥妙呢？”

老船夫说：“只有经过患难的人，才知道平安的可贵！小王子身份尊贵，又没有受过苦难，所以骄纵放任、予取予求；等到他落入海里，标准自然降低了，现在他知道船上是大海中最好的地方，一碗热汤就是人间最美味的食物了！所以，大王，如果您希望把王子培养成伟大的国王，最好让他多落难几次呀！”

禅宗有个说法：“笑里藏刀”是困难的，“逆来顺受”更困难！

“笑里藏刀”的意思是，一般人只在苦难时才有心灵的敏锐度，智慧的刀锋才会税利；在顺境时，往往会变得粗糙迟钝。所以，有觉悟的人，应该在顺境也保持生命的敏锐。

“逆来顺受”的意思是，逆境来的时候，埋怨、流泪、叹息是正常的，但是有觉悟的人，应该用欢喜的心来承担逆境，只有如此，才能更创境界、更上一层楼！

落入海中的王子，生命必然会生起很大的变化，只要他能欢喜地承受，能保持落难时的敏锐度，未来还大有可为，成为伟大的国王也不是不可能的事！

遥远的魏国王子

小婴是鲁国一个守门人的女儿，自幼就非常聪慧。

一个晴朗的夏天夜晚，月亮、星星非常明亮，邻近的姑娘相约一起到广场上纺纱织布，十岁的小婴也跟着大家在广场踩着纺车。

夏夜的凉风吹来，姑娘想着情人和一些快乐的事，忍不住唱起歌来。

只有在一旁的小婴轻轻地哭起来，眼泪流下她的小脸，显得格外的晶莹。

姑娘停止了歌唱，问小婴说："你是不是有什么委屈？说出来给姐姐听，不要独自伤心地哭泣！"

小婴抽泣地说："我刚刚一边织布，一边想到，听说遥远的魏国王子，品行很不好，所以就伤心地哭了。"

姑娘听了，都忍不住笑起来，劝小婴说："魏国在那么遥远的地方，和我们鲁国有什么相干呢？再说魏国王子品行不好，那也是诸侯贵族的事，你是一个贫穷的守门人的女儿，何必瞎操心呢？"

小婴说："我的想法和你们不一样，几年前，宋国的宰相得罪了皇帝，逃亡到咱们鲁国，就在这个广场过夜。他的马正好跑进我家的菜园，把我们家的菜吃得七零八落，又在菜园里打滚践踏，把菜园弄得乱七八糟。那一年，我们家的收成就损失了一半。

“去年，越王勾践攻打吴国，各国的诸侯都怕他来攻打，纷纷献美女讨好越王，正好把我的姐姐选去献给越王。过了不久，我的哥哥去越国探视姐姐，在路上被强盗杀了，到现在尸体还没有找到。”

说到这里，小婴忍不住流下眼泪，大姐姐们也都沉默了。

小婴说：“越国攻打的是吴国，遭殃的是我姐姐，惨死的是我哥哥。这样看起来，虽然不是同一国的人，贵贱也不一样，灾祸和幸福却都有联系，是息息相关的。我一想到魏国的王子品行很坏，又喜欢打仗，我还有哥哥弟弟三个人，不知道什么时候灾祸会落在我们的头上，我怎么能不忧虑呢？”

当小婴说完，广场上的姑娘都忧心地抬头看着星星和月亮，感觉到连遥远的星星月亮也和我们有深切的关联呀！

读到一本环保的书，里面一些观点令人心惊。

譬如说，母乳是污染最严重的乳品。因为人是食物链的最上层，每天吃下有污染的食物达数十种，制造出来的母乳含有许多的毒素，对婴儿的身体是有害的。

譬如说，我们一直以为北极、南极是污染最少的地方，但科学家检查北极熊，发现北极熊饱受环境破坏之害，疾病缠身，无法生育，濒临绝种。原因是虾吃微生物，鱼吃虾，海豹吃鱼，北极熊吃海豹，是环境污染的集大成者。海洋虽大，受污染的鱼虾却可以横越万里，游到北极去！

譬如说，我们在一条溪的上游，丢一片有毒的树叶，毒素将会进入整条河，甚至流进大海，使无数的生物受害，甚至生物的下一代也受害。

因此，这世界上的人，不分时空、不分贵贱，都是息息相关的，不只是人，人与动物、环境、空气都是息息相关的。

每个人都要有这种整体观、世界观才好，在《韩诗外传》里，这个古代的小女孩，早就有了整体观和世界观，更何况生在现代的人呢？

最深的祈祷

有两个在沙漠中旅行的人，因为缺乏食物和饮水，已经快要累死在沙漠了。突然，他们同时看到一个绿洲，于是连滚带爬地挣扎到绿洲。

他们一起喝了清凉的水，又摘来树上的果实，吃得很饱足，然后在树荫下睡了一觉。睡醒了，恢复了体力，他们又摘了一些果实，继续未完的旅程。

出发前，其中一位旅人跪下来，对着树诚心地祈祷：

敬爱的树呀！
我不知要如何表达谢意，
让我为你祈祷吧！
我想祈祷你的果实香甜，
但你的果实早已香甜了。
我想为你的树荫浓密祈祷，
但你的树荫早就茂密了。
我想祈祷你有充足的水分，
但你的水分早就充足了。
我只能为你的未来祈祷呀！
祈祷你能结出更多果实，

祈祷你繁衍更多的树苗，
祈祷那些树苗和你一样高大，
一代一代结出香甜的果实。

另一位旅人听了非常感动，就问：“在这无人的沙漠中，对着一棵没有知觉的树，你还能诚心地祈祷，这真是最深的祈祷呀！”

“这并不奇怪，”先前的旅人说，“就像要和帮助过我们的朋友分离，我们都会为他祈祷，若祈祷他拥有智慧，而他已经拥有了；若祈祷他发财，他已经很富有；若祈祷他成为和善可亲的人，他早就是如此。那么最好的祈祷就是：‘希望他的子女将来都像他一样了不起，或比他更优秀！’”

在中山北路六段有一家古董店，里面有一个元朝的瓷枕，我很喜欢烧在上面的一副对联：

不求金玉重重宝，
但愿儿孙个个贤。

从这个瓷枕，我几乎可以看到一位慈爱的母亲或和蔼的父亲，每天夜里怀着祈祷的心睡去，饱含着期许、愿望与关爱。

因为有那副对联，使那个原本平淡无奇的白瓷枕，仿佛从元朝活到现在，还是那么元气淋漓。

只要是正常的父母，对子女、对未来都有这样的祝愿吧！

不只是人，看看那飞舞着采蜜的蜂，或忙碌吃着树叶的毛虫、努力结果的树、拼命开花的草，哪一个不是为了子孙的贤孝，努力生活和工作呢？

如果我们能有更深的祈祷，就能更贴近万象的心；如果我们能有更深的祈祷，我们也会更体会未来的意义。

第二章　智慧和他的两个朋友

没有智慧，就没有心灵，那么，生命中一切的美好，将从何发生？又依附何处呢？

智慧和他的两个朋友

掌管智慧、财富、幸福的三个神仙，原本是很要好的朋友。

有一天，它们却为了谁的本事最大而争吵起来。

幸福说："当然是我最重要了，如果一个人智慧如海、财富像山，一生却多灾多难，没有一天幸福的日子，那又有什么意义呢？"

财富说："反过来说，如果贫穷到连一口饭都没得吃，光有满肚子的智慧，幸福又在哪里？当然是我最重要了。"

智慧说："你们两个都很重要，但是一个人如果家财万贯、无难无灾，却是一个没有智慧的傻子，他就比那些平平凡凡、充满挫折的人可悲得多。所以，还是智慧最重要。"

它们各说各话，一时分不出高下，突然看见地上有一位农夫在种地，财富就说："不然，我们就拿这个人做实验，来比一比谁重要吧！"

说完，它用手一指，农夫的犁马上挖到一个大缸，缸里装满了金银珠宝。突然得到这么多的财富，农夫吓傻了，一时迷了心智。

农夫心想："我突然得到这么多财宝，回到家，亲戚朋友一定会质问，左右邻里一定会怀疑，甚至不认识的人也会来抢夺，为了安全起见，我不如搬到外乡去居住。"

农夫丢下了他的犁，放弃了土地，一刻不停地带着那些金银珠宝逃出家乡，在一个完全陌生的城镇定居下来。

意外成为富翁的农夫，生活并不快乐，他既没有亲戚朋友，也没有爱和关心的对象，每天闷闷地坐着发呆。

这时，幸福之神说：“你看！财富并没有令他生活得更好，换我来试试吧！”

它手指一指，一位美丽无比的姑娘，走过农夫的窗前，使坐在黑暗中发愣的农夫跳了起来。他尾随着少女，一直到少女隐没在一座大宅。

农夫的心中燃起了幸福的渴望，立刻找了媒人向少女家提亲。女方的家长看农夫老实可靠，又有大笔的财富，于是同意了这门亲事。

但是，双方在谈论亲事的过程中，农夫常常发呆发愣，不笑，也不大说话，又没有任何亲戚朋友。

少女的父亲在婚礼的宴席上后悔了，他想：“这个人虽然有钱，却是个傻子，他怎么能配上我的女儿呢？不如在夜里把他杀了，谋夺了他的财产，再找一个聪明的小伙子来当我的女婿。”

当他在密谋的时候，“财富”觉得无计可施了，因为给农夫更多财富，只是更加速他的死亡。“幸福”也毫无办法，因为对一个有钱的傻子，幸福是掌握在别人手里的。

它们一起跑去求智慧救救那个可怜的农夫，智慧同意了，它的手指一指，给了农夫双倍的智慧。

坐在酒席上的农夫眼珠子转了一转，突然站了起来，大声地说："亲爱的乡亲父老、尊贵的岳父岳母，请大家静一静，听我说几句话。"

大家抬起头来，看到农夫态度从容优雅、语调诚恳有力，都被震住了。

农夫说："我第一天看见我的妻子，看到她美丽端庄，有着贤妻良母的气质，就爱上她了。我心想，这么好气质的姑娘一定是由最好的父母教养出来的，经过这么多天地观察，我的岳父母果然是最好的人。为了感谢他们教养出这么好的女儿，我将把大部分的财富送给他们，并且带着我的新婚妻子返回故乡。"

在岳父母家住了几天，农夫带着新婚妻子回到故乡，由于他很有智慧，很快地又拥有许多财富，并过着幸福快乐的日子。

在天上，智慧对他的两位老友财富和幸福说："我们不用再争论了，没有智慧，就没有财富，更没有幸福！"

阳明山上有一家叫"阳光水岸"的小餐厅，地板用粗大的砖石铺成，整个房子用木头和亚克力板建造，隐在深深的林中。

我喜欢坐在露天的花园中，静静地看山，听溪水流过的声音。

我也喜欢坐在屋内，悄悄地听大学生的谈话和争论。

这一天，我正好听到大学生在讨论着："人生里，什么是最重要的？"

有的说是财富，有的说是健康，有的说是爱情，有的说是幸福……

听到后来，我有点急了，很想对他们说：“人生中，最重要的是智慧！”因为在十三个大学生的讨论中，竟没有一位认为智慧是最重要的。

没有智慧，就没有心灵，那么，生命中一切的美好，将从何发生？又依附何处呢？

我终于忍住了，喝了一壶店主人招待我们的芽菜汁，我和妻子沿着落叶满阶的小径散步，看着山间最后的白樱在风中抖擞，艳红的枫叶吐露新芽。

我忍住不说，是因为，一个人只有到了五十岁，才能真正知道智慧的重要！那原因正是，一个人经验过许多财富、幸福都无能为力的时刻，才会看见智慧的光亮和智慧的力量！

八哥鸟的智慧

有一只老山羊，路过森林，突然听见了求救的声音：“山羊伯伯，求您救救我！”

山羊循声前往，看见一只老虎被关在铁笼里，山羊看老虎如此狼狈，就问：“你是怎么回事呢？”

老虎说：“我不小心被猎人捉住了，已经关了四天三夜，一点东西也没吃，猎人说不定也不会回来，我就快饿死了，求您放我出来，救救我！”

山羊说：“那怎么成？我放你出来，你不把我吃了才怪！”

老虎说：“以老虎的荣誉与生命起誓，我绝对不会吃您，一只有威仪的老虎，怎么可能杀害它的救命恩人呢？”

山羊不疑，就把老虎放了。

万万没有想到，老虎一把捉住了山羊。

山羊说：“你干什么？难道你要违背誓言吗？”

老虎忍不住笑了：“你这个傻瓜！一只饿了四天的老虎，怎么可能遵守誓言呢？”

山羊说：“可是你这样杀了救命恩人，还有什么公理可言？别人听见了，会觉得老虎不但凶暴，还是卑鄙、无耻的动物呀！”

老虎说：“好！看在你是我的救命恩人的份上，让你找三个证人评评理，看看我吃了你是不是合乎公理？但是你必须在铁笼子附近问，不可以离开我的视线！”

伤心的山羊第一眼看见的是一棵果树，它就问道：“果树兄，你目睹了整个过程，你帮我评个理！”

果树说：“老虎本来就是凶恶的，吃掉动物是它的本能，你把饥饿的老虎放出笼子，还期待老虎感恩，那实在是愚笨的事，活该被吃呀！就好像我，我为人类保持水土，热了为他们遮阳，饿了提供果实，他们也不会感谢我，缺柴火的时候，一样把我砍去烧呀！”

第二眼，悲哀的山羊看到一条小路，它对小路说：“小路兄，那么请你帮我评评理！你也目睹了整个过程。”

小路说：“正如果树所说，老虎本来就是只重物质，不重心灵的动物，你期待老虎慈悲和感恩，那实在是一件蠢事，活该被吃！就好像我，提供给人类行走和方便，他们践踏我的时候，何尝有慈悲呢？他们在感恩的时候，会叩拜木头、石头、泥土制成的偶像，谁会感恩一条马路呢？”

绝望的山羊在四周顾盼，希望找到第三个公正的证人评评理，这时，正好一只八哥鸟飞过。

山羊说：“八哥兄，请你停一停，帮我评评理！”

八哥停在一棵树上，问说：“山羊伯伯，什么事呀？”

山羊说：“这只老虎本来关在笼里，我放它出来，它不但没有感恩，反而要吃了我，我正在找人评理呢！你说，这样，合不合乎公道？”

八哥侧耳倾听了半天，不解地问道：“什么？你被关在笼子里，老虎走过去，把你放出来，你要吃了老虎？”

山羊说：“不对，不对！”于是又把事情重述了一次。

八哥说：“这下我听懂了！你被老虎捉住了，一个笼子走过去，救了你，老虎却要吃了笼子。天下竟然有这样的事，怎么可能有老虎喜欢吃笼子呢？”

这下子，在旁边听着的老虎也着急了：“你这只傻鸟！事情不是那样子的！”于是，老虎又从头讲了一次。

八哥说：“一个笼子从小路走过去，一只老虎和一只山羊要分吃那个笼子，却怎么也分不公平……这是怎么一回事？我越听越糊涂，不如你们从头表演一次，这样我才能评理呀！”

老虎和山羊遇到讲不清的八哥鸟，就商议说：“不如我们从头来一次！”

于是，老虎再一次走进笼里，山羊把笼子的门闩了起来。

树上的八哥鸟突然放声大笑：“山羊伯伯，你得救了，还不赶快走！以后千万要记得，不要把关在笼子里的老虎放出来，放出来了，也不要奢望它会感恩。要老虎感恩和要人类感恩一样，都是不可能的事呀！”

爸爸以前养过一只很会说话的八哥鸟，会讲十几句话。

奇怪的是，它不会随人说话，也不会重复人语。譬如，我们对它说：“你好吗？”它回答：“可爱噢！”我们说：“对不起！”它却说：“天气好吗？”

那一只无厘头的八哥鸟，给我们带来很多欢笑。每次想到爸爸，就会想起他在门口庭院教八哥说话的情形，还有他心爱的八哥鸟。

八哥实在是有趣的鸟，有一次，我的生活过得不顺利，弟弟跑来为我说了一个八哥的笑话：

有一只只会说两句话的八哥鸟。

拉它的左脚，它会说："对不起！"

拉它的右脚，它会说："谢谢你！"

有一天，一个调皮的人站在八哥鸟面前沉思："不知道同时拉两只脚，这八哥鸟会说什么？"

他把八哥鸟的两只脚同时提起来，八哥大叫："他妈的！你要害我跌死吗？"

这笑话使我笑翻了，笑出了泪水。

弟弟说："两只脚同时被提起来的时候，才能看出一个人的本质和风格，哥哥有这么美好的本质和风格，还怕别人来拉你的脚吗？"

我听了很感动，一直想为八哥写个寓言。我始终相信，八哥虽然无厘头，却是非常聪明的鸟。

不结实的芒果

果门国王有一天带着大队人马出城，路经一片芒果林，当时正好是芒果盛产的季节，树上结满了芒果。

国王很想停下来采一些芒果享用，因急着要赶赴一个典礼，就自言自语地说："等典礼结束，再好好地享用芒果吧！"

典礼进行的过程，果门国王一直念着林中的芒果，以至于流了许多口水，心里想象着芒果的甜美而无心主持典礼。

好不容易典礼结束了，国王又带着大队人马路过芒果林，但是国王惊讶地发现，所有熟透的芒果都不见了，不仅这样，连树枝和树叶也因遭受强烈的打击而散落一地。

那是因为国王率领人马路过芒果林时，跟在后面的大臣和士兵，贪婪地摧残了一切，他们用刀剑兵器打伤树枝、击落果实，一边行进一边享用了芒果。

果门国王既愤怒又伤心，他愤怒的是军纪如此不明，生气的是："做一个国王又比士兵好到哪里呢？国王只能不断地压抑，而士兵却可以任意而为呀！"

正在伤心的时候，国王突然看见不远处有一棵芒果树，是林中唯一不被侵犯的树，华盖亭亭，枝叶完好无缺。

"为什么所有的芒果树都被摧残，这棵芒果树却能保全呢？"国王心里想着，立刻，他就觉悟到："那是因为这棵芒果树没有结果实，如果一棵树没有果子，就不会被侵扰，那么它的枝叶也不会受到伤害了。”

国王一路思索这个问题回到皇宫，但从此不得安宁，就连睡觉时都会被噩梦惊醒，梦见自己是森林中结果最多的芒果树，最后整棵树都被砍断了。

他的心里又浮起那一棵不结果的芒果树，国王想着：“当一个国王是多么不快乐，多么令人烦心和困扰呀！国王等于是结实最多的果树，时时都有人想来夺取树上的果实，果实被采了也不要紧，最后连生命的树都会遭殃呀！如果我也成为一棵没有果实的树，就不必烦心和困扰了。”

受到那棵芒果树的启发，国王把王位传给儿子，就出家了，他因为不断地思维：“一个人若能不被世俗羁绊，就能得到真正的自由；一个人若能从忧虑和困扰中静心，就能得到究竟的解脱；一个人若能处在空的状态，就能得到完全的无碍。”最后，得到了最高的觉悟。

许多臣民都很奇怪，他们的国王突然成为这么有智慧的人，一定是受到伟大老师的教化，因此有很多人问他的师承。

每当被询及师承，国王总是说：“我的老师是一棵芒果树！”

去年谢落的一盆卡多利亚兰，被我随手弃置在阳台上，过年大扫除时才发现，它开出了一株花朵硕大的花枝，比去年开的还要美。

这株只靠雨水存活开放的兰花，使我惊艳！想到有时候

“不着意”“不施为”，不见得比刻意施为要差呀！

在我和卡多利亚兰相对的时候，就会想到由于我们的教育与惯性，早就使我们失去了生命的直观。

如果能有直观的智慧，就能看见世间的事物都是我们的老师。如果能有直观的智慧，就会知道一切事物自有法则，我们的心就能契入真理。

世间的智慧是“法雨普降”“法水常流”的，如同一盆兰花，只要能放开心怀，就能受到雨的润泽。也像一棵树，只要根扎得够深，就能吸取地下的水源。

天上地下都是满怀智慧的，却只有直观的广度及深度才能触及。

当然，我们从不结果的芒果树得到开发的时候，也不要忘了，有许多人可以从结果累累的芒果树得到启示。

以智慧去看、以智慧去想、以智慧去做，反射回来的，就是有智慧的人生！“妙有”与“真空”里，都能有“内在的学习”！

制造脏乱的猴子

在一座森林里，所有的动物都突然生病了。

先是螃蟹的眼珠暴了出来，只能横着走，不能直行。

接着是兔子的眼睛变成了血红色。

再来是老鼠尾巴的毛全部秃光了。

然后是老鹰的头发掉光，成了秃鹰。

跟着是喜欢唱歌的野鸭倒了嗓子，只能发出呀呀呀的单音。

最惨的是鳄鱼和蟾蜍，全身上下都长满了疙瘩。

森林的动物相遇的时候，总是互相探询："到底是怎么一回事？"

但是没有动物知道答案，直到看到流过森林的溪水中鱼类开始迁徙，大家才怀疑：是不是大家喝的水出了问题？

问了最爱干净的香鱼和鳟鱼，它们说："是呀！这溪里早就无法生活了，我们正准备移居到山顶上的源头哩！"

"那么，你们知不知道是什么原因？"大家都忍不住地问。

香鱼说："还不是那些新搬来的猴子，它们吃完了水果、花生，果核、果皮全往溪水里丢呀！"

鳟鱼说："不只是这样，它们每天都跑到溪里来大小便，简直脏死了，你们喝了溪里的水，当然都生病了。"

动物们听了义愤填膺，准备给猴子一些教训，便约集了大部分的动物到猴子居住的洞穴，大叫：“坏猴子，出来！谁叫你们到溪里大小便、乱丢垃圾的？”

看到动物来势汹汹，躲在洞穴的猴子说：“我们是想到大小便、丢垃圾在自己的洞穴，但实在太脏了，只好弄到水里去了。”

“死猴子！赶快出来受罚，再不出来，我们要放火烧了。”生气的秃鹰说完，就生了一把火，往洞里熏。

猴子被熏得全部红了眼睛，只好冲出洞穴。愤怒的动物都追过去打猴子，猴子只好跳到树上。

鳄鱼说：“我守在树下，你们放火把猴子烧下来吧！”

动物们用火把熏猴子的屁股，所有猴子的屁股都烧焦了，纷纷从树上跳入溪里，它们喝饱了肮脏的溪水，从此被赶出了森林。

从那时候起，所有的猴子都和它们的祖先一样，有着熏红的眼睛和烧焦的屁股。

朋友给我们介绍，说北投的垃圾焚化炉上有一个观景餐厅，夜里看台北的夜景，非常的壮观美丽。

一个春天的下午，我们循着那一筒高耸的烟囱，找到了北投的垃圾焚化炉，远远地就闻到空气中垃圾焚烧的气味，越走越近，那股垃圾的气息就越来越盛，等到靠近烟囱，已经快无法呼吸了。

最后，我们连车子都没敢下，只在烟囱旁绕了一圈，就绕往阳明山的白云山庄了。

我心里想着："如果光有好吃的食物和美丽的夜景，却无法呼吸到新鲜的空气，真是非常大的遗憾呀！"

台北花了这么大的力气和金钱，在焚化炉上盖旋转餐厅，来遮盖大家对垃圾场的印象，是值得嘉许的；但是为何不用更大的心力来减少污染和垃圾呢？

跨入21世纪，有记者问到我对新世纪最忧心的问题，我说："最让人忧心的，莫过于环境的污染和垃圾的制造呀！"

想想看，几只猴子可以让森林里的动物都生病，一条小溪的污染就可能断送所有森林动物的生机，何况是几百万、几千万人在同一块土地，卖力地污染呢？这种危机，一定要让每一个人都有警觉呀！

全然快乐的秘方

从前有一位富翁，名字叫顾影。

顾影虽然非常有钱，却常常自怜，他可怜自己空有钱财，却从来没有体会过真正的快乐、全然的快乐。

顾影常常想："我有很多钱财，可以买到许多东西，为什么却买不到快乐呢？如果我有一天突然死了，留下一大堆钱又有什么用呢？不如把所有的钱拿来买快乐，如果能买到一次全然的快乐，我死也无憾了。"

于是，顾影变卖了大部分家产，换成一小袋的钻石，放在一个特制的锦囊中，他想："如果有人能给我一次纯粹、全然的快乐，即使是一刹那，我也要把钻石送给他。"

顾影开始旅行，到处询问："哪里可以买到全然快乐的秘方呢？什么才是人间里纯然的快乐呢？"

他的探询总是徒然，因为人们的答案总是庸俗而接近的：

"你如果有很多的金钱，就会快乐。"

"你如果有很大的权势，就会快乐。"

"你如果拥有得越多，就会越快乐。"

因为顾影早就有了这些东西，却没有快乐，这使他更疑惑了："难道这个世界没有全然的快乐吗？"

有一天，顾影听说在偏远的山村有一位智者，无所不知，无所不通。

他就跑去山村找那位智者，智者正坐在一棵大树下闭目养神。

顾影就问智者说：“智者，人们都说你是无所不知的，请问在哪里可以买到全然快乐的秘方呢？”

“你为什么要买全然快乐的秘方呢？”智者问道。

顾影说：“因为我很有钱，可是很不快乐，这一生从未经验过全然的快乐，如果有人能让我体验一次，即使只是一刹那，我愿把全部的财产送给他。”

智者说：“我这里就有全然快乐的秘方，但是价格很昂贵，你准备了多少钱，可以让我看看吗？”

顾影把怀里装满钻石的锦囊拿给智者，没有想到智者看也不看，一把抓住锦囊，跳起来，就跑走了。

顾影大吃一惊，过了一会儿才回过神来，大叫：“抢劫呀！救命呀！”可是在偏僻的山村根本没人听见，他只好死命地追赶智者。

他跑了很远的路，跑到满头大汗、全身发热，却失去了智者的踪影，他绝望地跪倒在山崖边的大树下痛哭，没有想到费尽千辛万苦，花了几年的时间，不但没有买到快乐的秘方，大部分的钱财又被抢走了。

顾影哭到声嘶力竭，站起来的时候，才发现被抢走的锦囊挂在大树的枝丫上。他取下锦囊，发现钻石还在，突然，一股难以言喻的、纯粹的、全然的快乐充满他的全身。

正当他陶醉在那全然的快乐中，躲在大树后面的智者走了出来，问他：

“你刚刚说，如果有人能让你体验一次全然的快乐，即使只是一刹那，你愿意送他所有的财产，是真的吗？”

顾影说：“是真的！”

“刚刚你从树上拿回锦囊时，是不是经验了全然的快乐呢？”智者又问。

“是呀！我刚刚经验了全然的快乐。”

智者说：“好了，现在你可以给我所有的财产了。”

一边说一边从顾影手中取过锦囊，扬长而去。

清晨，我在孙中山纪念馆外晨练完，在光复市场随意溜达，看到一个老先生在卖茶油，蹲下来闻他的茶油。

卖茶油不稀奇，稀奇的是老先生还卖“茶块”。茶块是榨完茶油之后的茶籽压成的，是早年台湾生活困苦，人们用来洗浴的东西，功能类似肥皂，至今，在中部地区普遍地还把香皂称为“茶块”，就是早年沿用的名称。

卖茶块已经很稀奇了，价格更稀奇，压成香皂大小的，要价四百，压成普洱茶饼大小的，要价一千。

我想到超级市场里的力士香皂、棕榄香皂，一块还不到十元，已经被淘汰的“茶块”，却要卖一千元，忍不住问老先生：

“阿伯，您有没有标错价格？这茶块可以用来洗吗？”

老先生笑了，他说：“茶块若要用来洗澡，片状即可，但是，我不是卖给人洗浴的，是卖给人欢喜的，一千元买香皂很贵，但是买一个欢喜就很值了。你买回去给孩子看，告诉他：爸爸小时候就是用这个洗澡，你也欢喜，孩子也欢喜呀！”

我没有买老先生的茶块，却觉得他是个智者，一千元若能买一次真正的欢喜，实在太便宜了。

胁尊者

从前，在中印度有个年轻人，非常聪明、善于辩论，他能把死马说成活马，不仅如此，他还能与动物辩论，听说他曾和一群马辩论，讲得那些马哭笑不得，向天长鸣。

由于人们都不知道年轻人的真实姓名，他也不愿别人知道自己的身世，以免成为辩论时的话柄，大家都称他为“马鸣”。

马鸣以辩论为乐，当世所有的名嘴与他辩论，最后都受到了羞辱。

“为什么那些号称辩才无碍的人，都如此不堪一击呢？”马鸣感到无趣极了，他就想到：“听说佛法很圆满，寺院里也有许多讲经说法的高僧，我不妨去找他们辩论，一定很有趣。”

于是，马鸣走遍附近的寺庙，向僧侣宣布：“你们讲经说法，自称圆满，如果你们之中能有人辩倒我，今后才可以再敲钟磬，说法论道。如果不能与我辩论，今后就不能再敲钟磬了！”

一开始，有一些僧侣出来和他辩论，都是两三下就败下阵来，到后来，马鸣所走过的寺庙就没有钟磬的声音。

有一天，从北印度来了一个年老的出家人，人称胁尊者，他云游到了马鸣居住的城市，在一个寺庙挂单，却整天没听到钟磬的声音，就问道：“你们为什么不依照法度敲钟磬呢？”

寺里的住持说：“这附近住了一个叫马鸣的青年，辩倒了我们，我们只好应他的要求，再也不敢敲钟磬了。”

胁尊者说：“你们尽管敲钟磬吧！马鸣如果来了，由我来和他辩论吧！”

僧侣们都半信半疑，不过，还是很兴奋，沉寂已久的钟磬声又响彻云霄。

远远听到钟磬声的马鸣立刻赶来，质问道：“今天是怎么回事？不是叫你们别敲钟磬吗？”

寺僧说:“从遥远的北方来了一位尊者，是他敲的钟磬呀！”

马鸣一眼就看见须眉俱白的胁尊者，傲慢地问：“是你想与我辩论吗？”

胁尊者微笑地点点头。

马鸣讥讽地说：“许多有道有学的人都折服在我的舌头下，看你的外表，不过是个糟老头，也敢和我辩论，真是可笑！”

他虽然下马威似地数落了胁尊者，胁尊者还是微笑以对，双方约好七天之后，在最大的广场公开辩论。

“马鸣又要和人辩论了！”

“这次辩论的对象是北方来的老和尚！”

“一定是一场精彩的辩论呀！”

马鸣和胁尊者辩论的消息传得非常广远，第七天的清晨，广场上人山人海，连国王和大臣也来了。

胁尊者很早就到了，心平气和，面带微笑，坐在自己的位子上。

马鸣在辩论的前一分钟才到，心高气傲、自信满满地坐上自己的位子，由于他从出生以来，辩论从未输过，自信这次无论如何也不会输。他心想：“但是从前辩论并没有这么大的场面，一定要当场让这老和尚难堪！”

于是，马鸣站起来说：“我们最好事先约定，论败者该如何谢罪，依我之见，败者自断舌头。”

胁尊者说：“断舌未免过重，我看，败者就拜胜者为师好了！”

马鸣说：“这样也可以，你就准备向我顶礼吧！”

但是，由谁先开场，由谁决定论题呢？

国王说：“胁尊者年纪大，又远道而来，今天也到得早，就由他开场吧！”

胁尊者沉吟一下，缓缓地说：“祝愿天下太平，国王长寿，国土丰乐，没有灾患。”

这就算是破题了，马鸣听了，当场愣住，因为既没有反驳的点，也没有破斥之处，沉默了半天，说不出话。

马鸣既已无话可说，便输了辩论，只好在万众面前履行约定，拜胁尊者为师。

从此，寺庙里又响起了钟磬。

马鸣因为聪明才智与无碍辩才，后来大有成就，成为佛教史上有名的“马鸣菩萨”。

台湾有一句俚语：“鸭蛋再密也有缝。”意思是我们做过的坏事，必然会留下痕迹，不可能做到天衣无缝；另一个意思是，天底下再完美的论点，也可以找到缺陷。

当我们沦于观点的辩论，或陷于思维的争胜时，任何理论都可能被破斥，所以，最后被认为胜利的人，往往并非观点最好或思维最真的，常常是那些口才犀利、善辩的人。

但是如果我们没有争胜的心，只是为他人的利益设想，或者存着祝福的态度，即使是天底下辩才最好的人，也无法破斥我们的心呀！

在佛教历史里，马鸣菩萨比老师胁尊者的名气大，但胁尊者也值得一记，玄奘的《大唐西域记》曾记载他的事迹：胁尊者到了八十岁才舍俗出家，常被城里的少年取笑，说他愚笨老朽，只能吃饭，如何能诵经、习定呢？胁尊者听了，发誓自己像初生的孩子一样，如果不能通三藏经、不能断三界欲、不能得六神通、不能具八解脱，将不会把胁（肋骨）靠在席上。经过三年，他学通三藏、断三界欲、得三明智，得到大家的敬佩，称为“胁尊者”。

后来只要有人问他：“你今年几岁？”

他总是说：“三岁！”

别人看他白发苍苍的样子都感到疑惑：“三岁？”

胁尊者说：“从觉悟那天开始，才是真正的活着！”

扁鹊的哥哥

从前有一个有名的医王，叫作扁鹊。

扁鹊善于把脉，只要有人生病，他点一下脉，就能说出那个人生病的症结所在，可以断到分毫不差。因为善于知病配方，许多疑难杂症都被他治好了。

由于古代男女授受不亲，据说在女子的腕上系上红丝线，扁鹊只要拉着丝线的另一头，就能断病开药，治好疾病。

人们不只是这样传说，还有人说扁鹊的手指上好像长了眼睛，可以沿着血脉，跑到身体里去看清人的五脏，这简直比现代的 X 光更厉害。

扁鹊医术精妙，名闻天下，许多王公贵族的大病都被他治好了，因此，不管走到哪里，大家都会夸赞他的医术。

扁鹊总是说："我的医术和我的哥哥相比，根本不算什么！"

别人就问他："你哥哥长得是圆是扁？怎么从来没有听过他的名号呢？"

扁鹊说："大家都以为我的医术高明，所以送到我这里来的病人，都是生了大病的，我必须费尽心力，才能把他治好，每治好一个就会天下轰传。我的哥哥虽然是籍籍无名的小医生，却能诊断出身体的预警，使人不患大病。我劳心费神治疗一个重病的人痊愈所花的时间和力气，我哥哥正好可以使千百人了解自己的身体，预防大病发生。那才是真正的名医啊！”

扁鹊太有名了，后来被请去做皇帝的太医，却被皇帝原有的太医李醯，在强烈的嫉妒下暗杀了。

扁鹊的哥哥还是没有人知道，但后世的人传说：“正如扁鹊的哥哥能预知大病，他也预知了名闻天下的害处呀！”

在阳明山登山的时候，发现许多松树因为病虫害，枯萎而死去。

一个懂植物的朋友告诉我，松树一旦得了这种病，几乎是无法治愈的，只能把得病的根除，避免整个松林死去。朋友说：“最好的方法是防患于未然呀！”

站在大屯山顶，俯望这个拥挤的城市，想到不只是松林之死，台湾的许多河流和山林都在逐渐地死去。

因为河流、山林的污染，人的疾病也千百倍于往昔，纵使是扁鹊在世，也要深深地叹惜呀！

我想，人类文明的进步，显现在人是不是能在小事、小病上省思与觉察，而不是大病、大事发生时才劳心费力地解决。

在乱世里，许多人争着做扁鹊，但有智慧的人，应该立志做扁鹊的哥哥。

悦耳与养眼

有一个音乐家，能演奏出很好听的音乐。

由于音乐家居住的国家，很少有人会演奏音乐，于是他变得非常骄傲自大，觉得懂音律是非常了不起的事。

从前，常随兴在林间树下演奏的音乐家，为了显示自己的音乐珍贵，后来只在自家的密室演奏，并且把门窗紧闭，使琴声不致流泻。

有些邻居问他："很久没有听见你的琴声了！"

音乐家说："我的琴声如此珍贵，怎么能让你们免费聆听呢？"

从前，常为穷苦的人演奏音乐的音乐家，为了表现自己的价值，现在只为王公贵族、富商巨贾演奏，并为自己的演奏定了非常高的价格，演奏一曲要一两黄金。

一两黄金对王公贵族、富商巨贾并不算什么，因此，音乐家受欢迎的程度并未减少，大家为了显示身份，反而争相邀请。音乐家的弹奏进入了殿堂，不但性情更骄傲，也再不为穷人演奏了。

邻国有一位喜欢音乐的国王，派人来请音乐家到该国去义演，弹奏音乐给贫穷的人听。

国王的使臣向音乐家提出义演的邀请。

音乐家说：“义演？要我免费为穷人演奏？你们国王有没有搞错？我随手弹一曲就有超过一两黄金的价值，贵国的路途遥远，十两黄金我都懒得动身呢！何况是免费弹奏呢？”

这样邀请了几次，音乐家都不肯前往，国王只好亲手写了一封信，信上说：“如果你愿意前来我国为穷人演奏，我当以千金为酬。”

音乐家收到国王的信，兴奋不已，想到自己演奏一场就有千两黄金的报酬，是从来没有的高价呀！日后还可以借此提高价码，当然就兴冲冲地前往了。

国王为贫苦的人举办了一场盛大的音乐会，请来的是当世最昂贵的音乐家，音乐家尽心演奏，听众则用心聆赏，办了一场非常成功的音乐会。

演奏完后，急着回国的音乐家跑来晋见国王：“陛下！您不是答应我，要以千金为酬吗？现在我要回国了，特来领取陛下的赏赐！”

国王说：“噢！还好你提醒我，我差点忘了。一千两黄金我早就准备好了。”

于是，命人将殿中的一块黄布掀开，里面果然摆了黄澄澄的一千两黄金，音乐家站在黄金前面喜不自胜，对国王说：“这一千两黄金如此沉重，不知道陛下可有准备马车帮我运送？”

国王说：“这一千两黄金是给你欣赏的，你多看几眼，就可以走了。”

音乐家说：“陛下何出此言？黄金如果不是拿来用，又有什么价值呢？”

国王说：“是呀！音乐如果不拿来用，又有什么价值呢？你弹奏音乐，让我们悦耳；我提供黄金，让你养眼。这个交易是再公平不过了。”

一位画家朋友告诉我，每当有收藏家到他的画室买画，是他最痛苦的时刻。

我问他：“有人买你的画，应该高兴，怎么会痛苦呢？”

他说：“收藏家到我的画室买画，都要和我谈艺术，而我却必须和他们谈价钱。让不喜欢谈钱的人谈价钱，本来就是一件痛苦的事，但是，和听不懂艺术的人谈艺术，就更为痛苦了。”

这是一个有趣的事，如何来取得艺术与金钱的平衡关系，是值得学习的。艺术家需要金钱来填饱肚子，有钱人需要艺术来安慰心灵，因此，双方都不必骄横。

比较值得思考的是，如何让艺术与金钱都发挥它最大的能量呢？

我最近到地震灾区巡回演讲和赠送书籍，看到灾民既需要金钱来填饱肚子，也需要艺术来安慰心灵。

在灾区留下来的少数义工告诉我：“现在，已经没有人捐款，也没有艺人音乐家来义演了。”

我就想到，如果我是一个音乐家，一定要带着我的丝竹管弦或琴瑟锣鼓，在寒风中，一个社区、一个乡镇地演奏，让人在凛冽的冬季，也能感受到远方的温暖。

沸水中的翠玉戒指

从前有一个国王，生性好战，喜欢侵略，所以国家常年都在战争，虽然占领了外国的许多土地、奴役了许多人民，但自己的国家也死了许多人。

他的儿子从小在这种环境长大，内心深感痛苦，因为，王子是一位心地仁慈的小孩，连一只蝼蚁都不肯伤害。

有一天，国王在领军作战时战死了，王子继承了王位，他很想止息战争，但是该国的文臣武将，甚至平民百姓都已经养成好战的习性了，如果强迫他们止战，说不定连王位也保不住。

国王心生一计。

他把所有的文武百官召集到殿上，对大家宣布："我国由于连年战争，不仅人民死伤惨重，国事也一团混乱，我想停止现在正进行的战争，并且希望今后也不要有战争了。"

百官们窃窃私语，有的认为国王怯懦无能，有的认为国王胆小怕事，有的认为战争进行到一半，输了可惜。

国王不顾大臣的议论，命人取来一个生了火的炉子，炉上放了一个锅子，然后把锅中的水煮沸。

国王取下手上的一枚玉戒，丢人沸腾的水中，说："现在，如果有人能伸手进锅里取出戒指，我就把这枚玉戒送给他，并且送给他一半的领土。"

群臣面面相觑，没有人敢去拿那枚戒指，等到大家都肃静了，国王命人取出炉中的柴薪，并在锅里加了冷水，再慢慢地把翠玉戒指拿出来，戴回手上。

国王说："从前，我们连年争战，其势有如滚烫的沸水，什么珍宝也看不见，当然也拿不到了。现在，我们如果止息战争，就像釜底抽薪，水就不再沸腾，我们努力建设，就像在沸水里加了冷水，自然就会取到使国家富强的珍宝了。一旦国富民强，自然会八方来归、十方来朝，又何必去战争侵略呢？"

国王的睿智感动了大臣，从此息兵止战，国王以仁心治国，很快地，这个国家就成为最富强的国家了。

当我们谈到一个国家的富强，我们的重点似乎是在数量上，譬如有多少的国民平均所得、有多少的外汇存底、有多少的经济成长率……却很少人想到，数量即使加了几倍，品质可能还是一样的。甚至，数量更多的时候，品质反而倒退了。

个人也是一样，我们总是在追求数量，更多的房子、车子，更多的银行存款，更多的占有……却很少有人注意生命的品质。

有生命品质的人，即使不是拥有太多东西，也可以是富有的人。

有良好品质的国家，纵然是小国寡民，也可以是非常富强的国家。

为了生命的良好品质，有的时候，我们应该抽薪止沸，去看见、去取出波动的心中，那一枚宝贵的翠玉戒指。

最近，岁末寒冬，市政府为了照顾残障朋友，发行公益彩券由其出售，遗憾的是，有许多四肢健全的人也去抢夺市场，使得弱势者怨声载道，强取豪夺的人却占了便宜。

电视中播出槟榔西施在冷风中出售公益彩券，穿着暴露、衣不蔽体。

记者问道："不是只有残障朋友才能卖彩券吗？怎么你们也在卖？"

槟榔西施大笑："我们也是残障人士呀！你没看到我们内心残障吗？"

唉！什么时候，我们才能抽薪止沸，看见内心的珍宝呢？

老鼠杀人

有一个樵夫上山砍柴，在山洞边休息的时候，看到一群老鼠正啃噬着一具尸体。

他惊慌地跑下山，遇到路人就说："我看到一群老鼠在吃人。"

路人惊慌地跑下山，沿路告诉别人："有一只老鼠会吃人。"

有的人觉得"有一只老鼠会吃人"没有什么说服力，于是表现出惊慌的样子说："有一只老鼠像老虎，会吃人。"

这句话逐渐蔓延整个乡村，人人自危地告诉孩子："某某森林有一只老鼠大得像老虎，经常出来吃人。"

这个消息后来传入城里，许多电视和报纸纷纷报道：

"在某某森林，出现了一群像老虎那么大的老鼠，据传已经有不少人遇害，至于有多少人遇害，警方正在查证中；至于老鼠为何会长得像老虎，有关单位正在调查研究，是否与二十年前的核能外泄有关；许多专家建议在真相尚未厘清之前，民众不宜前往那片森林……"

从此，再也没有人去过那片风景秀美的森林，因为真相永远无法厘清。

偶尔，会有人拿正在"流行"的新闻事件来问我的看法，我总想起一句话:“懂得越少的人，跨行越多；心灵越空虚的人，议论越多。”

我们每天所接受的资讯不一定是那么真实而准确的，可以找一天把所有的报纸、电视的新闻都看过一遍，对同一件事，每个人说的都不同，每一家的报道都是南辕北辙的。

重要的还不是真实或准确。重要的是，纵使了解了事件的真实，对我的人生、我的感受、我的智慧，又有什么启发呢？何况，许多事件的真相只有当事人知道，旁人是永远无法厘清的。

一个刚从国外回来的朋友告诉我：“很奇怪！在美国，男人在家里都看体育节目，在台湾，男人都在看新闻。在公共场所，美国的男人都谈运动，台湾的男人都谈政治。真的好奇怪！看看书、散散步、听听音乐、和太太孩子聊聊天，不是比那些有趣得多吗？”

我深表同感，为了强化生命的深度，对于浮面的事物，我们只好保持沉默。为了保持智慧的敏锐，我们只有减少议论。

沙漠神灯

一个徒步旅行的人，在沙漠中迷路了。

沙漠十分广阔，他拼命走也走不出去，到后来又渴、又饿、又冷、又累。

他心想："这一次一定会死在沙漠了！"

就在他陷入绝望的时候，突然看见了一盏灯，古朴老旧，仿佛已被丢弃在沙漠很多个世纪了。

旅行者心想："我会不会运气这么好，遇到传说中那一盏神灯呢？"

他捡起了神灯，用手摩擦，果不其然，轰的一声，跑出了一个巨人。

巨人说："主人，我是住在灯里的神灵，我曾经许愿，如果有人放我出来，我会送给他世界上最珍贵的三样宝物！"

旅行者说："我现在很渴，请你给我一杯水。"

巨人说："水这么普通的东西，像我这么尊贵的神怎么会有呢？"

旅行者说："那么，我现在很饿，请你给我一碗饭！"

巨人说："饭这么平常的东西，像我这么稀罕的神怎么会有呢？"

旅行者说："那么，请你给我一件衣服，我现在很冷！"

巨人笑起来："哈！哈！哈！衣服这么平凡的东西，像我这么非凡的神怎么会有呢？你这个不争气的家伙，你可不可以要一些尊贵、稀有、不凡的东西呢？”

沙漠旅行者这时已经累得说不出一句话，他悲哀地说：“灯神呀！那么你到底有什么东西，赶快赐给我吧！”

巨人说：“我可以给你这世界上最珍贵的三样宝物，第一样是能使人觉悟人生是苦的尊贵的佛法；第二样是能让人懂得给予和分享的稀有的爱；第三样是能叫人知足常乐的平常的心。”

听完了灯神的话，旅行者当场昏死在茫茫的大漠里。

慈济功德会美国分会成立的时候，邀请我到洛杉矶募款演讲。

有一些虔信佛法的华侨，虽然加入了慈济，内心仍有疑虑：“不断地行善积福到底算不算佛法呢？”“佛法不是应该远离尘世、断灭世缘，躲起来念佛、打坐、诵经吗？”“到底这是佛法呢？或者那才是佛法？”

当时我讲了这个寓言，我说：“当别人需要一杯水时，你给他水，这是佛法！当别人需要一碗饭时，你给他饭，这是佛法！给水的时候，你的内心系念未来的佛，这是念佛！给饭的时候，你的内心平静欢喜，这是打坐！你把经典实践出来，这是诵经！哪里有什么分别呢？”

大家听了都很欢喜，没有人昏死过去。

尊贵的佛法、稀有的爱、平常的心灵都很珍贵，但是在人生沙漠迷路的人，喝了水、吃了饭、穿暖了衣服，体会起来就容易多了。

无用的树和会叫的鹅

庄子带着一群学生，要翻越一座山，去找一位朋友。

走到山林深处，看见一群伐木的工人在砍树。许多小型的、中型的树木都被砍倒了，唯独有一棵大树却挺立在山林里，没有被砍倒。

庄子忍不住走过去问工人："为什么你们砍了许多小树，却独留这一棵大树呢？"

工人说："这棵树外表看来巨大，材质却不好，无所可用呀！"

庄子转头对学生说："这棵树因为不材，才能如此粗壮、终其天年，你们要学习这一棵树呀！"

翻过了山，天色已经昏暗，庄子带着学生到一个朋友家过夜。

朋友很久没看到庄子，非常开心，把儿子叫来："到后院去捉一只鹅，杀了宴请庄伯伯！"

儿子提着刀，问爸爸说："我们有两只鹅，是杀那只会叫起床的呢？还是不会叫的？"

爸爸说："当然是杀那只不会叫的鹅呀！"说完之后，回头对庄子说："这孩子就是老实，连这种问题也要问，不会叫的鹅有什么用呢？"

庄子回头对学生说："那只鹅因为会叫起床，才能活得长久，你们要学习那只鹅呀！"

第二天早上，学生们实在忍不住了，问庄子说："老师，昨天路过森林，林中的大树因为不材无所用，而终其天年，您教我们好好学习。到了晚上，主人的鹅有材得所用，而终其天年，您也叫我们好好学习。我们感到很困惑，老师的话很矛盾，我们到底该向不材的学习呢？还是向有材的学习？"

庄子大笑起来："我教你们为人处世要介于材与不材之间，该有材时就有材，该不材时就不材，平常的时间，就似是而非吧！"

这是《庄子·山木》里的寓言，这个寓言比较不为人传颂，却是我非常喜欢的一则。

庄子所表现的是一个智慧的弹性和柔软。有智慧的人因为无所执着，所以在无用的树和会叫的鹅之间都能得到启发。有智慧的人因为知机知时，只会在适当的时机表现才德，而不会永远智慧过人、道貌岸然的样子。有智慧的人不一定要全知全能，而是介于材与不材之间，是超圣而入凡的。

在我们所处的世界，大部分事物外在都已经确定了，富翁是富翁，穷人是穷人；上司是上司，下属是下属；山是山，水是水……但是内在却不确定，充满了流动。对与错、是与非、好与坏、材与不材，都是随着内在的尺而流动的。

有智慧的人重视内在胜于外在，所以是流动、弹性、柔软的，"似是而非"正是"似非而是"呀！

打败老师的人

从前有一位天才，不管什么事情，他看一眼就懂了，做一次就会了，练习三次就做得非常好了。

到二十岁的时候，他已经学会各种知识和技术，自以为聪明无人能比，于是他就发下豪语："天底下的技术和知识，我都要全部学会，如果有一种没有学会，我就誓不为人！"

这个想要学遍一切的天才，开始到各国去游学，只要听到何处有自己不会的技术、不懂的知识，就立刻去拜师学艺，而且把技艺知识学会的标准定为"打败自己的老师"。

在短短的几年，天才学会了许多技艺知识，从天文地理到医术符咒，从剪裁刺绣到烹饪歌舞，甚至赌博、下棋、音乐，没有一样不精通的，而且打败了所有教过他的老师。

天才顾盼自雄，每到夜深人静的时候，他从镜里看着自己，忍不住地说："像我这样的天才，有谁能比得上呢？我现在已学会了天下的技艺知识，不用再学什么了。大丈夫应该云游世界，去找人比赛，打败所有人的老师，这样，我才会垂芳百世，流名千古呀！"

他开始到外国去旅行，每到一个国家就和人比赛技术知识，不仅打败了工匠，还打败了所有的老师。他走过了几十个国家，名声就传扬开来。从来没有人在任何一项里胜过他，甚至只要他到了一个国家，大家听到他的名字，就不敢出来比试了；他到了任何一个国家，那个国家也没有人敢自称是“老师”了。

天才一边感到自负，一边又不免感叹：“这天下之大，难道没有一个人可以打败我吗？”

有一天，天才正在昂首阔步地找人比赛，突然看见佛陀穿着黄色袈裟，手里拿着木钵，在市街托钵。

天才看了大吃一惊，因为他走遍世界，从来没有看过这样打扮的人，也从来没有看过钵这种工具。

他忍不住跑过去问：“我走遍天下，没看过有人穿你这样的衣服，你是从事什么行业呢？也没有看人拿过你这样的工具，你会什么技艺呢？”

佛陀反问他：“那么，你是从事什么行业？又会什么技艺呢？”

天才说：“我会一切的技艺知识，我正在云游世界，到处和人比赛，到现在还没有找到胜过我的人。”

佛陀说：“一个人打败一千个敌人一千次，还不如胜过自己一次！如果能打败所有的人，却不能调治自己的身心，又有什么用处呢？即使样样第一，欲念和情绪却不能控制，也不过是一个奔驰和放纵的人，有什么可以自豪呢？我只是一个调治身心的人，不能和你比赛争胜，但如果你想胜过自己一次，我倒可以教你一些方法呀！”

这位到处打败老师的天才，听了大为震动，因为他一向都只想着如何打败别人，却从未想过胜过自己。老想着打败别人，不正是内心不平静的欲念作怪吗？

于是，他就拜佛陀为师，专心地调治自己的身心。后来有人认出他就是“打败无数老师的天才”，问他说：“你怎么不再和人比赛呢？”

他说：“一个有智慧的人，调治自己的身心都没有时间了，哪有时间去和人争胜呢？”

金庸的小说一直很风行，其中有一个原因是，他创造了一些典型的人物，就像真的活在世上一样。

有几个人物典型，我觉得最有趣，一个是“东方不败”，一个是“独孤求败”，一个是“老顽童周伯通”。

东方不败从来不败，一败即亡。

独孤求败求一败而不可得，一生苍凉。

周伯通因找不到对手，只能用自己的左手打自己的右手。

永不失败当然是不可能的，只是武侠小说中的典型。但是，真实人生里所谓的成功，不正是与人争胜负所获得的吗？

在争胜负、争成败的同时，有多少人是想胜过自己的呢？胜过昨日的我、胜过去年的我、胜过上一世纪的我。

当我们两眼向外寻索的时候，如果能转回来，留一只眼睛看自己的身心，就是胜过自己的开始了！

学玉

有一个青年叫小珂，从小住在偏远的山村，偶然听人说起，这世界上最有价值的石头叫作“玉”。

但是那人又说:“玉的学问可大呢！要经过很长时间的学习，才能分辨什么是玉，什么是石头。再经过很长时间的学习，才能分辨出玉的好坏呀！”

小珂对玉生起了无比的向往，就向那人打听在何处可以学习玉的学问。那人就告诉他在遥远的城里，有一位知名的玉石专家，说不定可以教他玉的学问。

小珂兴奋不已地跑到城里，求那位玉石专家教他玉的学问。玉石专家看小珂聪慧诚恳，就答应收他为徒。

老师对小珂说：“学玉不是短时间就会了，一个学玉的人，要先懂中国的历史。”

于是，他开始给小珂讲中国历史，每天上课前，都会交给小珂一块玉，叫他边上课，边摩搓把玩。

中国历史足足讲了一年，老师说：“学玉的人懂了中国历史还不够，还要懂中国地理，才能知道玉和地质的关系。”

于是，老师开始讲中国地理，像往常一样，每天上课前，都会交给小珂一块玉，叫他边听边把玩。

中国地理又讲了一年。

小珂有点不耐烦了，他常常问老师："老师，我到底什么时候才能开始学玉呢？"

老师说："别急，别急！接下来我们要讲中国文化，一个不懂文化的人是不可能懂玉的！"

于是，老师开始讲中国文化，还是一样，每天上课前交给小珂一块玉，叫他抚摸把玩。

中国文化又讲了一年。

小珂更不耐烦了，他常常问老师："老师，我是来跟随您学玉的，为什么您讲了三年课，都没有讲到玉，到底什么时候才能开始学玉呢？"

老师说："别急，别急！今天开始我们要讲中国艺术，不懂中国艺术的人不会懂玉的。"

说完，他依照往日，交给小珂一块玉。

小珂握了那块玉突然大叫起来："老师，今天您给我的这一块，不是玉！"

老师开心地笑了起来，说："现在，我们可以开始学玉了！"

我喜欢石头，也喜欢玉，因此认识了许多玩玉石的朋友。

曾经有一段时间，很想向一个朋友学玉，他却劝我说："玉这种学问，一旦你陷进去，就很难走出来了，会花费许多时间和金钱呀！"

我忍不住问他学玉的过程。

他就说了一个青年拜师学玉的故事，然后下结论地说："一年中国历史，一年中国地理，一年中国文化，这还是时间短的。我自己是摸三年、搓三年，摸摸搓搓又三年，也就是说能分辨玉的真假之后，至少要有九年的功夫，才对玉有一点认识呀！”

我听了，吓得不敢对玉太深入，但是他讲的故事却深获我心。

人生不也像玉一样吗？我们学了很多的理论和知识，想要多了解人生，但是所有的理论知识都不是真实的体会，只有经过长时间的摩摩搓搓、跌跌撞撞，有一天，灵光一闪，才会说：我现在终于知道一点人生了！

虾子和茄子

在一个村庄里，有一个瞎子和一个瘸子，因为同病相怜，成为很要好的朋友。

瞎子对瘸子说：“我们虽然身体残障，心灵却很健康，我们两个合起来，我用你的眼睛，你用我的脚，我们就是一个健全的人，可以自力更生了。”

瘸子开心地说：“好呀，好呀！我也一直这样想呢！”

从此，瞎子和瘸子互相牵扶，到处去帮人工作，虽然两人只是赚到一份工钱，俭省着花用，生活还是很快乐。他们形影不离，一起工作、一起吃饭、一起睡觉，比兄弟还亲。

有一天，下着大雨，瞎子和瘸子穿了蓑衣，一个扛着犁、一个拖着耙出去找工作。他们走到山坡边，雨越下越大，天暗了下来，又打着雷，两人就商议着，先找个地方躲雨。

瘸子看到山坡上有一个石洞，就牵着瞎子躺了进去。

瞎子的鼻子很灵，他说：“我闻到一股野兽的骚味，说不定是野兽的洞穴，我们还是离开吧！”

瘸子说：“眼下也没有地方可躲了，我看还是把洞口堵起来，真有野兽也伤不了我们。”两人于是用犁耙土，将洞口堵了个严严实实，只留下上方的一个小缝，这样一来可以呼吸，二来可以观察洞外的动静。

到了夜晚，先是瞎子闻到野兽的气息，然后瘸子看见一个巨大的黑影，两人同时听见可怕的吼叫声，原来是住在洞里的狮子回来了。

狮子大叫着："谁那么大的胆子，敢占据我的家！"

瞎子学狮子大吼一声，说："谁那么大的胆子，敢来吵我的好梦！"

瘸子就应声说："大王，是一只小动物，正吵着说，这里是他的家呢！"

狮子听了很生气："什么小动物，我是万兽之王狮子呀！森林里的动物看到我，哪一个不吓得发抖呢！"

瞎子突然一声狂笑，说："原来是狮子，昨天吃的那两只狮子，味道还不错，只是心肝味道腥了一点。"

瘸子说："大王，您昨天吃了两只狮子，一直说没吃饱，今天这只很肥，应该吃得饱吧！"

狮子越听越离奇，洞里这两个家伙，声音比自己响，口气比自己大，到底是什么东西呢？就忍耐地问："请问，你们两位怎么称呼？"

瘸子说："说出我们的名字怕吓到你，兔子最怕的是豹子，豹子最怕的是狮子，狮子最怕的是瘸子，瘸子最怕的是瞎子！我叫作瘸子，我们大王正是狮子听到就会红了鼻子、张大眼珠子、尿湿了裤子的瞎子！"

胆大包天的狮子听了也忍不住一阵哆嗦，但又不甘心自己的窝被抢走，就说："瞎子？瘸子？我没听说过，你们想占我的家也可以，就来比一比本事吧！”

狮子拔出一根鬃毛丢进山洞，说：“你们看，这是我的毛，你们有这么粗、这么长的毛吗？”

瘸子就拔了一根蓑衣上的草，丢了出来，说：“让你见识一下，什么才是真正的毛吧！”

狮子摸了蓑草，大吃一惊，安慰自己说：“毛长不一定本领大！”从洞口外边捡起一排树枝丢进洞口，说：“让我们看看我的梳子！”

瘸子说：“这么小的梳子也拿来比，让你看我的梳子吧！”说着，把一支耙丢出洞口。

狮子一惊，非同小可，因为它从未见过这么大的梳子。

狮子壮起胆子说：“毛长梳子大，也不能伤人，让你们见识一下我的牙吧！”

它故意在石头上磨牙，磨得铮锵作响，然后把雪白巨大的牙凑近洞口。

这时，瞎子瘸子同时大笑，把犁头用力敲在石壁上，哐啷大响，然后将犁头凑在洞口，说：“这缝实在太小了，你只能看见瞎子的一颗门牙！我数到三，你再不走，就拖你进来下酒了。一！二！三——”

狮子夹着尾巴，一溜烟，跑了。等到天晴，瞎子和瘸子推倒洞口，一个扛着犁、一个拖着耙，继续他们的人生。

我和妻子到安和路附近办事，突然想到很久没有去从前常去的一家餐厅——“虾子与茄子”，顺道转去，发现餐厅不见了，问附近的人，他“喔”了一声说：“已经关了好几年了。”

我们怅然许久，“虾子与茄子”是瞎子与瘸子的谐音，也是残障人士开的一家餐厅。里面的工作人员都是身心障碍者，但是他们的服务很好，菜色也物美价廉，吃的时候总使我非常感动。偶有不如意，到那里吃一餐饭，看到一群残障朋友，都能努力认真、无怨无悔地生活，自己的不如意也就烟消云散了。

就好像我也常到统领百货的地下楼，去买喜憨儿做的面包，感受到面包里有着希望的麦香，仿佛在人生中加了力量的佐料。

最近，看到一则报道，基隆市的十三岁少年许哲诚，自幼双眼失明，却有与生俱来的音乐天才，经过苦练，得到国际身心障碍才艺大赛的音乐首奖，令人感动不已。

我想如果能把许哲诚的故事出版成书、拍成电影，不只能鼓舞身心障碍者，对普通人也会有莫大的启发呀！

神偷

从前，在宋国有一个叫向敏的青年，家里非常贫穷，一直想发财以改善生活。他听说遥远的齐国有一个家世和他一样的年轻人，生财有道，短短的时间，从一贫如洗变成富可敌国。

向敏就千里迢迢跑到齐国，去请教为富之道。

齐国的青年说："想发财很容易呀！我只是善于偷盗，自从我学会偷盗，才知道偷盗是致富的不二法门。我偷了一年就自给自足，偷了两年就衣食有余，偷了三年就金银满屋。现在我有很多盈余，都用来济助附近的乡亲，传扬出去，大家以为我富可敌国，其实，我并没有传说中那么富有！"

向敏听了"神偷"的话，自觉恍然大悟："偷盗确实是最简单的致富之道，既不用本钱，也不必缴税，还可以捡值钱的东西拿！"想到这里，内心非常高兴，也不问清楚偷盗的方法和道理，就匆忙地跑回宋国了。

回到宋国，向敏开始做小偷，不管是白天黑夜，都翻墙挖壁地跑进别人家里偷东西，因为心里急着发财，凡是眼睛看见的、手里摸到的，统统搬回家。

才偷了几天，向敏就被捉住了，不但偷的东西被追回，连原有的家产也被查封了，甚至还被关了一阵子。

向敏在监牢里，内心非常怨恨，他恨齐国的神偷欺骗自己，教了一个得不偿失的致富方法，发誓出狱之后，一定去找他算账！

出狱之后，向敏又千里迢迢地跑到齐国，责问神偷："你不是说靠偷盗可很快致富吗？我按你的方法去偷盗，不但没有致富，还受了牢狱之灾，你为什么不告诉我偷盗会有这样的后果呢！"

神偷听了哈哈大笑，说："你完全误解了我的意思，都怪你上次没有听清楚我所说的偷盗的道理呀！"

于是，神偷就仔细地解释了什么才是"盗亦有道"：

"天有时，分为春夏秋冬四季。地有利，就是资源，生生不息。如果我们了解这个道理，就可以偷天时和地利，春天播种、夏天晒谷、秋天收割、冬天收藏。懂得偷天时地利的人，就比不懂的人容易致富。

"除此之外，我在地上偷飞禽走兽，到水里偷鱼鳖虾蟹，懂得捕捉的人就比不懂的人容易致富。

"我吃的、穿的、用的，没有一样不是从天地偷来的，因为这些并非原来就是我的，是自然生长的，所以就如同是偷盗的一样。

"但是，偷天地的人并不犯法，你所偷的金玉珠宝、谷帛财货，都是别人辛苦所积聚，怎能不获罪呢？这是你自作自受，怎么能怨我呢？"

"偷天地的人并不犯法！"这在古书里是"吾盗天而亡殃！"

读了令人深有所感。

确实，我们不管是贫富贵贱、贤智愚昧，吃的、穿的、用的，哪一样不是从天地间偷来的呢？只是我们总是取之泰然，失去了感恩的心，甚至任意地践踏、浪费和破坏呀！

想想看，一个普通的小偷，想要闯入别人的家门偷点东西，都要轻手轻脚、戒慎恐惧。如果把那种心情拿来对待自然，一个人在对待环境时就不会那么恣情纵意，无法无天了。

许多宗教思想，都叫我们“惜福”“惜生”“感恩”，不只是对人的，也是对天地的。写到这里，我喝了一口茶，呀！连这一口茶也是从天地间“偷盗”来的，这样想，茶的滋味就变得绵长，因为其中有了“天地之时利，云雨之滂润，山泽之产育”呀！

捉蝉的驼背老翁

夏天的时候，孔子带着一群学生到了楚国，路过一片茂密的树林，坐下来歇息乘凉，享受着蝉的歌声。

孔子意外地看见一位驼背的老人，无声无息地站在树下，用顶端涂了树脂的竹竿捉蝉，只见老人一举一黏，就从树的顶端捉一只蝉，那么轻易简单，就好像是从地上把蝉捡起来似的。

孔子看得入迷了，忍不住问老人：

“老先生，看您捉蝉如此巧妙，不知道捉蝉有什么特别的方法吗？”

老人说：“捉蝉当然是有方法的，蝉是很敏感的小虫，一有风吹草动，它就逃走了。因此，一开始要先练习手拿竹竿不晃动，经过五六个月的练习，放两粒弹珠在竹竿顶上也不会掉落，这时，大概捉到一只会逃走一只。再过一阵子，放三粒弹珠在竹竿顶上也不掉落，大约捉十只才会逃走一只。等到放五粒弹珠在竹竿顶上不掉落，那么捉树顶的蝉就像在地上捡拾一样，一只也跑不掉了。”

孔子听了，频频点头，学生们想不到捉蝉也要下这么大的功夫，都目瞪口呆。

老人又说：“不只是这样，我站在树下的时候还要善于隐蔽，我的身体要像树干，我的手要像枯干的树枝。更重要的是，我的心要非常专一，不管天地有多么大，我只听见蝉的叫声；不管动物多么复杂，我只看见蝉的翅膀；不管周围多么混乱，都不能分散我的专注；当我达到这种境界的时候，捉蝉有什么难的呢？”

孔子听完老人的话，非常地赞叹，对学生说：“你们求学问也要像这位驼背的老先生一样，专心一意地在一件小事上，加上锲而不舍的用心，最后才能达到出神入化的境界呀！”

仅是捉最小最小的蝉，里面就有最大最大的境界！

我一直深信，这世界上不是只有特别有灵性的事情才能启发人的智慧，对于心灵开放的人，几乎任何事都是充满灵性的。

能启发心灵的事情就像一根针，不管是由珍贵的金银做成或由普通的钢铁做成，不管是镀上什么颜色，都能扎进我们的智慧之穴。不只是捉蝉的驼背老人可以教导我们，只要我们没有预设的态度，任何人、任何事物都可以成为我们的老师。

如果能像捉蝉的老人一样“虽天地之大，万物之多，而惟蜩翼之知”，能“用志不分，乃凝于神”，就能“不反不侧”，安然地走过生命的低谷。

因此，每当有人问我：“如何才能度过生命的低潮？”我总是说：“专心一致地去做那些自己最有兴趣的事，在浑然忘我之境，还有什么高、低潮之分呢？”

森林中捉蝉的驼背老人，在捉蝉的那一刻，是既不欢喜，也不悲伤的。

小猫的倾听

小猫长大了。

有一天，猫妈妈把小猫叫来，说："你已经长大了，三天之后就不能再喝妈妈的奶，要自己去找东西吃。"

小猫惶惑地问妈妈："妈妈，那我应该吃什么东西呢？"

猫妈妈说："你要吃什么食物，妈妈一时也说不清楚，就用我们祖先留下的方法吧！这几天夜里，你躲在人们的屋顶上、梁柱间、箱笼里、陶罐边，仔细地倾听人们的谈话，他们自然会教你的！"

第一天晚上，小猫躲在梁柱间，听到一个大人对孩子说："小宝，把鱼和牛奶放在冰箱里，小猫最爱吃鱼和牛奶了。"

第二天晚上，小猫躲在陶罐边，听见一个女人对男人说："老公，帮我的忙，把香肠、腊肉挂在梁上，小心挂好，别让小猫偷吃了。"

第三天晚上，小猫躲在屋顶上，从窗户看到一个妇人叨念自己的孩子："奶酪、肉松、鱼干吃剩了，也不会收好，小猫的鼻子很灵，明天你就没得吃了。"

就这样，小猫每天都很开心，它回家告诉猫妈妈："妈妈，果然像您说的一样，只要我保持倾听，人们每天都会教我该吃些什么。"

靠着听别人谈话学习生活的技能，小猫终于成为一只身手敏捷、肌肉强健的大猫，它后来有了孩子，也是这样地教导孩子：“仔细地倾听人们的谈话，他们自然会教你的。”

到乡下去吃亲戚的结婚宴席，席开百桌，场面十分浩大。

使我惊讶的是，在酒席中的服务生，是所谓的“辣妹”，她们穿着小而紧身的上衣、短到不能再短的热裤，穿梭端菜。这是我第一次看见，但亲戚告诉我，就如同在酒席上演出脱衣秀，这在台湾南部是很平常的。

更使我惊讶的是，吃酒席的人不仅对服务生见怪不怪，视若无睹，更是高声吆喝谈话，旁若无人。一百桌酒席的高分贝，使我们想要和隔壁的人讲几句话都非常困难，只好沉默地吃着，吃到一半就落荒而逃了。

逃出酒席后，我在两旁种满椰子树的小路散步，突然感觉到这个世界如此宁静，听见了远处海浪拍打岩岸的声音。

呀！若能保持倾听和观照，我们可以听见更远的声息，也可以看见更深的存在，如果我们只懂得高声吆喝，生命中大部分的学习就会流失了。

然后我悲哀地想着：当孩子小的时候，我们带他去参加这样的婚宴，他如何学习倾听？如何去看见婚礼的美好呢？

不要说是孩子，当我们成人之后，我们是不是还懂得倾听呢？永远保持倾听，正是永远保持着学习呀！

鱼骨刻的老鼠

在一个远方的国家，有两个非常杰出的木匠，他们的手艺都很好，难以分出高下。

有一天，国王突发奇想："到底哪一位才是最好的木匠呢？不如我来办一次比赛，然后封他为'全国第一的木匠'。"

于是，国王把两位木匠找来，为他们办一次比赛，限时三天，看谁刻的老鼠最逼真，谁就是全国第一的木匠。不但可以得到许多奖品，还可以得到册封。

在那三天里，两个木匠不眠不休地工作，到第三天，他们把雕好的老鼠献给国王，国王把大臣找来，一起当评审。

第一位木匠刻的老鼠栩栩如生、纤毫毕现，甚至连鼠须也会抽动。

第二位木匠交出来的老鼠，只有老鼠的神态，却没有老鼠的形貌，远看勉强是一只老鼠，近看则只有三分像。

胜负立刻就分出来了，国王和大臣都认为第一个工匠获胜。

但是第二个工匠当廷抗议，他说："大王的评审不公平。"

国王问他："为什么不公平呢？"

工匠说："要决定一只老鼠是不是像老鼠，应该由猫来决定，猫看老鼠的眼光比人还锐利呀！"

国王想想也有道理，就叫人到后宫带几只猫来，让猫来决定哪一只老鼠比较逼真。

没有想到，猫一放下来，不约而同地都跑向那只比较不像的老鼠，啃咬、抢夺，而那只栩栩如生的老鼠却完全被冷落了。

国王苦思了半天，只好颁发两个第一名，第一个是因为“技术卓越”，第二个是由于“得意忘形”。

事后，国王悄悄地把第二位木匠找来，问他：“你是用什么方法，让猫也以为你刻的是老鼠呢？”

木匠说：“报告大王！我只是选用鱼骨做我的材料罢了，猫在乎的根本不是像不像，而是腥味呀！”

应邀担任一个征文比赛的评审。

由于我在青年时代经常参加文学奖比赛，深知参赛者的心情，因此评审起来特别仔细和辛苦。

在初审时，要从一千篇中选出一百篇，还不是很难；复审时，从一百篇中选出三十篇，就很难了；终审时，从三十篇中选出前三名，更是难上加难。原因是，进入最后阶段，作品已经没有高下之分，只是不同而已，前三名往往是运气加妥协的结果。

评审已经够难了，更难的是去担任颁奖致辞，一方面要鼓励得奖者，一方面要安慰落选者。

我在致辞时就讲了这个寓言，“木头刻的老鼠”和“鱼骨刻的老鼠”根本是不能比较的；“写实的工匠”和“写意的工匠”也无法分出高下；“复杂的美感”与“单纯的美感”更不能一起评比。所以，入围靠实力，得奖凭运气，希望大家写作不辍，更有志气。

不只文学的比赛是这样，人生的比赛不也是这样吗？有一首流行歌曲有这样的几句:“我比别人更认真，我比别人更打拼，为什么为什么？我比别人更歹命？”

与其怨叹自己命运不济，不如回头想想，有百分之九十九认真打拼的人，都更有成功的机会，如果我是那百分之一，也是问心无愧了。

套用一句流行语：“文学比赛是一时的，文学创作是永久的。”“成败起落是一时的，生命情调才是恒久的。”写实或写意都很好，只要是自己选择的人生！

山谷里的小乌龟

有一群乌龟，住在一个荒凉偏僻的山谷。

在这座山谷的不远处，有一个水草丰美、风景秀丽的池塘。

山谷里的小乌龟非常的疑惑，问妈妈说："为什么我们不住在水草丰美、风景秀丽的池塘，却偏偏要住在这荒凉偏僻的山谷呢？"

妈妈说："你们千万不要到池塘那里去，连想也不要想。"

"为什么呢？妈妈。"

"因为池塘旁边有猎人等候着，他们一旦抓到乌龟，就会把肉和壳剥开，壳做成纪念品出售，肉就切成许多块，煮了吃掉了。"

小乌龟慢慢长大了，妈妈越是禁止到池塘，它们就越想去。

一只小乌龟说："猎人不一定有妈妈说的那么可怕。"

另一只小乌龟说："我们现在长大了，万一看到猎人，马上跳入池塘躲起来，猎人也不能对我们怎么样呀！"

还有一只小乌龟说："对呀，对呀！为了害怕一点点的危险，却放弃了那么美丽的地方，真是因小失大！"

这群小乌龟商量了半天，决定一起到池塘去玩，它们偷偷爬出山沟，到了丰美秀丽的池塘，内心非常高兴，既没有猛兽，也没有猎人，就快快乐乐地玩了起来。

忽然，它们看到空中有几条绳索，就追着绳索玩起来，没想到绳索突然套紧，把乌龟套住了。只有几只比较警觉的小乌龟躲在石缝中，逃过了。

仅存的几只小乌龟逃回了山沟。

乌龟妈妈看了，又惊又急："你们是不是跑到池塘那边去了？是不是遇见了猎人？怎么只有你们几个回来？"

小乌龟一边喘气一边说："妈妈，我们是跑到池塘去玩了，可是并没有看到猎人，只看到几条长线在后面追着我们玩，然后套住脖子，就把哥哥姐姐钓走了。"

乌龟妈妈又气恼又伤心地哭了起来："那些长绳就是猎人的圈套呀！他们躲在树丛里把乌龟套走，这不是今天才有的，你们的很多祖父母、叔叔、伯伯都是那样被钓走的，也是因为这些圈套，我们才从池塘搬家到这个贫瘠的山沟的！你们这些小笨蛋，不听妈妈的话，才会不知道爱惜自己的生命呀！

一些朋友聚在一起，内心多少会感到失落，有的朋友说："我们这一代最可怜了，小的时候，父母权威至上，事事都要听父母的；长大以后，正好女权抬头，事事都要听太太的；好不容易熬到孩子成年，父权又没落，事事都要和孩子商量。可以说是中国历史上最惨的一代！"

有的朋友说："现在真的没有办法教育孩子了，中学以后的课本，大部分都看不懂，孩子从各种资讯得来的知识，比我们懂得更多。"

还有的朋友说："像我完全不会电脑，在孩子的眼中根本是一个落伍的怪物呀！"

回到家，我思考着：在一个孩子认为懂的比父母多的时代，在一个孩子从小就因资讯丰富而反叛的时代，做父母的我们究竟还有什么价值呢？

我想，做父母的最有价值的地方，是提供生命的见解与生活的智慧。

生命的见解是什么课本也学不到的。

生活的智慧也是任何资讯都无法取代的。

一个孩子在成长经验中摸索跌撞，最后也终于要回到生命的见解和生活的智慧，看见长绳后面躲了一个猎人，这时，再落伍的父母也会显得不凡了。

我们的学识低微、所知有限的父母，从前不就是给我们生命和生活的教育吗？

大地的深度

从前从前，有一位小士兵服役退伍，回到了家乡。

家乡的人问他：“你是为谁服役，为谁打仗呢？”

士兵说：“当然是为皇帝服役，为皇帝打仗了！”

家乡的人又问他：“那么你见过皇帝吗？”

士兵说：“我的职位卑微，怎么可能见过皇帝呢？”

大家都取笑他：“你当兵二十年，自称效忠皇帝，却连皇帝也没见过呀！”

士兵被取笑了一顿，就决定到皇宫去见皇帝，他跋山涉水，经过重重关卡，终于见到了皇帝。不幸的是，皇帝并没有士兵想象的慈祥，而是一个喜欢作弄人、搞恶作剧的皇帝。

皇帝问士兵说：“听说你经过千辛万苦来见我，你为什么想见我呢？”

士兵说：“我效忠皇上二十年，却没见过皇上，因此渴望见您一面。”

皇帝说：“现在你已经见到我了，凡是见到我的人都必须回答我三个问题，答对了，就可以离开，并得到奖赏；答错了，就要关在牢里，直到想出答案为止。”

士兵说：“皇上要问我什么问题呢？”

“第一个问题：从天上到地上有多远？”皇帝问。

“天上只要打雷，地上就听得见，就这么远！”士兵回答。

“那么，大地有多宽呢？”

士兵说：“太阳从东边升起，西边落下，就那么宽。”

“大地有多深呢？”

士兵说：“多年前，我的祖父过世，我们把他埋在地里，他从来没有回来过，大地一定就是那么深了。”

皇帝大笑，感到很满意，说：“你完全答对了，我给你的奖赏就是在牢里过一夜，那里关了三十只肥鹅，你可以从它们身上各拔出一根金羽毛！”

原来牢里关了三十个富翁，他们全都是无法回答“天地有多远？大地有多宽？大地有多深？”而被关进牢里的，正在牢中苦思而愁眉不展。

士兵对这三十个有钱人说：“如果你们每个人给我一千个金币，我就把答案告诉你们。”

有钱人各送给士兵一千个金币，士兵就带着这一大笔钱回到家乡，过着幸福快乐的生活。

人生不也是这样吗？若以实用主义来衡量，用固定的目标来做终极的价值，大部分人的生命都会深陷泥沼，唯有开放的、轻松的、抽象的思维，才不会使我们的生命太难堪。

人生的品质只要不恶化，就有机会往更好的方向走！

唯一的戒律

死神在一个瘟疫中累倒了，靠在路边休息，一个好心的青年跑来安慰他。

“老先生，您是不是生病了，要不要我送您去就医？”年轻人问。

死神笑了起来，轻蔑地说：“医生？医生是医病不医死，我就是死神，我比医生厉害得多了。”

青年说：“那我就帮不了您，您休息一下再继续您的工作吧！”

“慢着！”死神叫住青年，“看你善良老实，我就收你为徒弟吧！”

青年说：“不！不！不！我可不稀罕当什么死神，如果要当，我宁可当医生呢！”

死神说：“如果你愿意当我的徒弟，我就教你行医。”

青年答应了，便拜在死神门下，成为死神的徒弟。

死神教他非常厉害地点穴手法，只要在病人的身上穴道点几下，病就治好了。

死神说：“你现在可以去行医了，但是有一条戒律不可以违犯。当你治疗垂死的病人，我会站在病人的床边，如果你看见我站在病人的脚旁，你可以把他的病治好；如果你看见我站在头那一边，就表示那人的大限已到，不用治了。假如，你看到我站在病人的头侧，而你还把他治好，就要拿你的命来抵。”

青年一直遵守死神的戒律，也治好了很多人，成为当代的名医。

有一天，公主生病了，群医束手无策，国王便颁布一个命令：如果有人能把公主治好，就传位给他，并把公主许配给他。

青年在远方听到了消息，就跑到皇宫为公主治病。当他走进公主的房间时，非常吃惊，公主的美丽使他倾心，但公主的头旁边却站着死神。

青年对国王说：“大王，请叫人把公主的床换一个方向，我就能把公主治好。”

国王派人把公主的床换了方向，死神变成站在床尾，青年很快就把公主治好了。

从此，青年和公主结婚，继承了王位，过着幸福快乐的生活。

和一些朋友谈起关于冲突和领土争端的话题，使我想起格林童话里有一则关于死神的寓言，就把它改动了一下，我说：“这位有智慧的年轻人，因为保持着变化与弹性，因此既治好了公主，也不违背戒律呀！”

所以，如果唯一的戒律不可违犯，又想治好公主，保持变化与弹性是必须的。

人生不也是这样吗？保持变化与弹性的人容易有智慧，有智慧的人，在生命的山穷水尽之处，也会有柳暗花明，也能有坐看云起时的心情呀！

第三章　舒服国

在现实人间，虽然有苦有乐、有悲有喜、有成功有失败、有圆满有缺憾、有舒服与不舒服的时候……但是在我所行走的每一步，都有我的思想、我的意志、我的选择！

舒服国

在一个非常遥远的地方，有一个国家叫作“舒服国”。

舒服国里真是太舒服了，家家都有巨大的房子，房子里窗明几净，一应俱全；户户都有美丽的花园，园子里开满各式各样的花。

舒服国的四周被一片广大的森林围绕，森林里的树结出的果实都是人们最需要的东西。

舒服国里的人饿了，就走进东边的树林，树上长满各种食物，有煮好的米饭和面条，还有一盘盘的菜、一客客的牛排、一个个的汉堡，只要是人想得到的食物，树上都有。只要在树干上点一点，想吃的食物就会落下来。

舒服国的人冷了，就走进西边的森林，树上长满各种衣服和饰品，从古到今，什么式样都有，从天云白到涧水蓝，从太阳红到葡萄紫，什么颜色都有。只要在树干上推一推，想要的衣饰就会落下来。

舒服国的人想要换家具，就会走进南边的森林，树上长满了桌子、椅子、床组和灯具，式样设计都是一时之选。只要在树干上摇一摇，想要的家具就会掉下来。

舒服国的人想要出门旅行，就会走进北边的森林，树上长满了各种交通工具，汽车、机车、快艇、飞机，只要用脚在树干上踢一踢，想要的交通工具就会飘下来。

因为衣、食、住、行都这么舒服，所以舒服国没有人工作，他们除了吃、喝、拉、撒、睡之外，就是饮酒作乐，聊天嗑牙。有的人舒服得整天躺着、坐着、蹲着，看起来就像是一个石头。

舒服国的人不会生病，流过舒服国的舒服溪，溪水可以治百病。

舒服国的人不会老死，只要跳进舒服溪洗澡，洗一次就年轻百日，多洗几次就返老还童了。

舒服国里，没有贫富贵贱、贤智愚昧的差别，但是仍然有一些人特别受到尊敬，例如那些最懒、躺着不动最久、最不爱说话、最无所事事的人，这些受尊敬的人，通常是最早来到舒服国的人。

舒服国的名称非常响亮，各时代、各地区的人都知道，有人称它为“桃花源”，有人称它为“理想国”，也有人称它为“乌托邦”或“香格里拉”。

可是，虽然人人向往舒服国的路、找寻舒服国的路，我们认识的人却没有一个去过。

那是因为，找到路的人都不想回来了。

想去的人，却都没有找到路。

经常会听到不喜欢上学的孩子诉苦，或者不喜欢上班的朋友抱怨，这时候，我会讲“舒服国”的故事。

我的结论是：如果规定一个人整天睡觉，不必醒来上学，几天后就会为睡了太久而诉苦了。如果让一个人整天吃喝、无事可做，不用几天，他就会为了无所事事而抱怨了。

住在舒服国的人，时间一久也会烦恼，因为没有未来、没有变化、没有失败、没有考验、没有生活的实感！

当我们在谈理想世界的时候，往往会强化它的优点，而忽视它的缺点；反过来看现实世界的时候，又常常强化它的缺点，忽视它的优点。

在现实人间，虽然有苦有乐、有悲有喜、有成功有失败、有圆满有缺憾、有舒服与不舒服的时候……但是在我所行走的每一步，都有我的思想、我的意志、我的选择！

山里的鬼

从前，有一个戏班子，到处巡回公演，由于交通不便，他们时常要翻山越岭，甚至露宿野外。

有一天，他们住在一个森林边上，生了火堆烤火，有一个演员突然说：“我刚刚在路上听说这个山里有许多的鬼怪，不知道夜里会不会跑出来？”

大伙就斥责他说：“胡说八道，我们这一路走来，都非常平安，哪里有什么鬼怪？”

那演员说：“真的，真的，路上那个人说得历历如绘呀！”

大家一听更生气，叫他闭嘴不要再说了，但内心不免忐忑，不安地睡着了。

山中非常寒冷，有一个女演员被寒风冻醒，就在箱子里随手拿一件戏服披在身上，向着火堆烤火。

睡前疑神疑鬼的那个演员也被寒风冻醒，一张开眼，看到女演员披头散发坐在火堆前，脸上闪着跳动的火花，身上披着演厉鬼用的白戏服，他以为是真的鬼来了，大声惨叫，爬起来就逃。

其他人被他的惊叫声吓醒，同时看见一个穿白衣服的女鬼坐在火堆前面，全都尖叫奔逃而去。

那个坐在火堆前的女演员，不知道发生什么事，也惊吓不已，立刻跟了上去，一群人以为鬼追了上来，就在森林中号叫奔逃，有的摔落山谷，有的掉入河里，有的撞树跌倒……所有人都伤痕累累，疲惫不堪，一直奔跑到天亮，才看清楚那个女演员不是鬼。

童年的时候，父亲曾说过一段真实的故事。

当时，父亲在新威的森林开山，工作辛苦，常常耕作到黄昏，才骑脚踏车从新威回旗山的家，路上要骑两个多小时，到家时都已经夜深了。

父亲的脚踏车是一部老爷车，会发出风吹竹林似的伊歪伊歪的巨大声响。车头灯是脚踩发电的，忽明忽暗。

有一天，父亲骑车路过美浓，路旁有一排高大美丽的椰子树，因为快到家了，父亲心情愉快地吹着口哨，骑着S形的曲线，在一排椰子树间穿梭前进。

骑了一阵子，突然看见路上一个行人昏倒了，父亲赶紧送他到医院去。

那个人被急救醒来，面色如土，两眼翻白，医生问他说："你是怎么昏倒的？"

那人说："我看见鬼了，刚刚在路上，看到一具黑影骑在脚踏车上，在椰子树边忽隐忽现，一盏鬼火一闪一闪，发出可怕的哭叫声，我看着看着，就昏过去了。"

在旁守候的父亲极力说明，其实他看见的是人不是鬼，但说什么他也不肯相信。第二天，父亲只好当着村里的人，表演了一段在椰子树间穿梭前进的骑车术，才为他收了惊，也博得众人的大笑。

父亲对我们说：“即使是鬼，也要静静地看清楚呀！因为如果真是鬼，跑得再快也来不及了！”

父亲曾经在杳无人迹的深山，开垦、居住十几年的时间，甚至在草屋独居，遇到过许多奇奇怪怪的事，他说：“山林里的鬼并不可怕，怕的是人的心里有鬼呀！”

永不休息的鬼

有一个外乡人在市场里卖鬼。

一般人听到鬼都很害怕，根本不敢靠近。

外乡人说："你们不用害怕，这鬼不是普通的鬼，是工作鬼，不会害人的！"

一个路过的人大起胆子去问："你的鬼，一只卖多少钱？"

外乡人说："一只要两百两黄金！"

"你这是搞什么鬼？要这么贵！"

外乡人说："我这鬼很稀有的，它是只巧鬼，任何事情只要主人吩咐，全都会做。又是只工作鬼，很会工作，一天的工作量抵得过一百人。你买回去只要很短的时间，不但可以赚回两百两黄金，还可以成为富翁呀！"

路过的人感到疑惑："这只鬼既然那么好，为什么你不自己使用呢？"

外乡人说："不瞒您说，这鬼万般好，唯一的缺点是，只要一开始工作，就永远不会停止。因为鬼不像人，是不需要睡觉、休息的，所以您要二十四小时，从早到晚把所有的事吩咐好，不可以让它有空闲，只要一有空闲，它就会完全按照自己的意思工作。我自己家里的活儿有限，不敢使这只鬼，才想把它卖给更需要的人！"

过路人心想自己的田地广大、家里有忙不完的事，就说：“这哪里是缺点，实在是最大优点呀！”

于是花两百两黄金把鬼买回家，成了鬼的主人。

主人叫鬼种田，没想到一大片地，两天就种完了。

主人叫鬼盖房子，没想到三天房子就盖好了。

主人叫鬼做木工装潢，没想到半天房子就装潢好了。

整地、搬运、挑担、舂磨、炊煮、纺织，不论做什么，鬼都会做，而且很快就做好了。

短短一年，鬼主人就成了大富翁。

但是，主人和鬼变得一样忙碌，鬼是做个不停，主人是想个不停，他劳心费神地苦思下一个指令，每当他想到一个困难的工作，例如在一个核桃核里刻十艘小舟，或在象牙球里刻九个象牙球，他都会欢喜不已，以为鬼要很久才会做好。

没想到，不论多么困难的事，鬼总是很快地做好了。

有一天，主人实在撑不住，累倒了，忘记吩咐鬼要做什么事。

鬼把主人的房子拆了，将地整平。把牛羊牲畜都杀了，一只一只种在田里。

将财宝衣服全部舂碎，磨成粉末。再把主人的孩子杀了，丢到锅里炊煮……

正当鬼忙得不可开交，主人从睡梦中惊醒，才发现一切都没有了。原来，永远不停止地工作，真是最大的缺点呀！

只要有朋友来向我抱怨，他们总是不停地工作，我就会讲《杂譬喻经》的这个寓言，我的结论是：“只有鬼是不需要睡觉和休息的，所以，永不休止的工作绝不是好事。”

其实，那永不休息的鬼并不是真有其鬼，而是说在我们的内心有一只鬼，我们虽是主人，可以吩咐它去做工，但是却没有能力叫它休息。

我们坐下来的时候，心内的那只鬼跑来跑去，即使在睡觉时，它也是独自在忙碌工作的。

只要想到心内之鬼无法止息，就会感到十分可怖，所以，一个人不只是在生活上要懂得休养生息，也要及早学习静心，心静下来，鬼就停止工作了。

狂雨

在遥远的地方，有一个国家，时常会下“狂雨”。

当狂雨下的时候，流进江湖、池塘、河井，人只要喝上一口，立刻就疯狂了。狂雨并没有解药，要经过七天，才会自然地清醒过来。

由于全国的人都是同时疯狂，又同时清醒，大家也不以为意，认为一起疯狂、一起清醒是正常的事。

后来，这个国家有一个国王，开始留意到：“为什么国人会同时陷入疯狂之地呢？”他发现问题出在雨水，于是，在皇宫里盖了一口井，让雨水不会渗入。

有一天，天上又下起狂雨，全国的人都陷入疯狂，朝中的文武百官也不例外，他们完全不顾礼教，脱光身上的衣服，用泥土涂在头上，迷迷糊糊地上朝，歪歪斜斜地坐在上朝的厅堂。

只有国王是清醒的，他穿着干净的王服，庄严地坐在龙椅上，并且试图叫大臣们清醒，以议国事。

大臣们看到国王坐得那么端正，穿得那么威仪，反而觉得十分奇怪，在厅内议论纷纷：

“陛下是不是疯狂了，怎么穿着都和我们不同呢？”

“我看陛下是疯狂了，不然，不会站没站相，坐没坐相！”

“陛下确实是疯狂了，你们听，他自己疯狂了，还大声呵斥我们，叫我们不要疯狂！”

“这下糟了，我们不能有一个狂人当国王呀！这不是小事，我们要一起想想办法。”

于是，大臣们密商要杀害国王，另立新王，他们的议论传到国王的耳里，令国王十分担心，心生一计，对大臣们说：“你们不必烦恼，我只是身体不舒服，我有很好的药，吃下去就没事了。你们稍等一下，我去吃了药就回来。”

国王走进宫中，学群臣的样子，脱光衣服，用泥土涂在脸上，然后走回大殿。

大臣们看了都拍手叫好，互相庆喜地说：“国王的病治好了，陛下终于恢复正常，真是太好了！”

自始至终，大臣们都不知道自己是疯狂的。

七天之后，大臣们自然地清醒了，内心都非常羞愧，穿好衣冠来上朝。

当他们安静地走进厅堂，都大吃一惊，他们看到国王脱光衣服，脸上还涂着肮脏的泥土，斜躺在龙椅上。

大臣们就问：“陛下平常很圣明、很有智慧，为什么我们疯狂的时候，陛下不疯狂；我们不疯狂的时候，陛下反而疯狂了呢？”

国王说：“有智慧的人，心常安定，不会散乱，我的心一向都是这么清醒安定的，我只不过是想让你们见识一下你们疯狂时的样子呀！”

有一个朋友，因为要过年了，清理房子，在房屋的角落找到十几只“电子鸡”。

在聚会里，他问十几位一起吃饭的朋友：

“谁要电子鸡呢？”

大家都笑着，摇摇头。

他自嘲地说：“当时不知道着了什么魔，全家人都在养电子鸡，办公室的人都在养电子鸡，有的人养了三四只，现在要送人都没有人要呢！”

我对大家说了《杂譬喻经》的故事，对朋友说：“那是因为喝了广告、传播、耳语的狂雨了！”

当我们喝了狂雨，会为了中彩票在半夜求石头指点明牌；当我们喝了狂雨，会用一千万去买一盆达摩兰；当我们喝了狂雨，会千方百计去养红龙和娃娃鱼；当我们喝了狂雨，花十元养活鸡嫌麻烦，却花五百元养电子鸡，成为小盒子的奴隶。

当我们喝了狂雨，会花十小时排队，只为了买一只粗糙的Kitty猫！

当我们喝了狂雨，会花三小时排队，只为了买一盒甜腻不堪的蛋挞！

宋朝的尚书令袁粲曾谈过《杂譬喻经》中的这个故事，感慨地说：“我既不狂，难以独立，比亦欲试饮此水！”这是一个多么深沉的感叹：“我的心不疯狂，所以很难独醒地站在狂人之中，真想也去试喝那令人疯狂的水呀！”

当我们喝了狂雨的时候，是没有解药的，只有在时间里自然地清醒。

如果要做自己身心的国王，只好在心灵里挖一口井，盖上盖子，不要让狂雨渗入井里！

第三层楼

从前有一个富翁，他虽然富甲天下，却十分无知而蛮横。

有一天，他到另一位富翁朋友家做客，这个朋友住在一栋三层楼的大别墅，宽敞舒适、华丽无比。

无知而蛮横的富翁，内心非常羡慕，他心想："这个人的财富和我相比，实在不算什么，但是，为什么我从来没想过要盖一座大楼房呢？我一定要盖一座比它更高更大的别墅！"

于是，他请朋友介绍，找到盖那栋别墅的工匠。

他对工匠说："你帮我盖一栋像那样的楼房，但一定要比它高大华丽！"

工匠整地丈量，打地基、砌砖头，开始盖楼房。

富翁每天来监看，问："你要给我盖什么样的房子呀？"

工匠说："我要盖三层楼呀！现在正在砌一楼的砖墙。"

富翁说："你到底有没有听懂我的意思？我只要盖第三层楼！一二层没什么稀奇，我要你把一二层并在第三层里，只要第三层就好！"

工匠说："那是不可能的！如果不造第一层就不能造第二层，如果不造第二层，就无法造第三层呀！"

富翁坚持只要第三层。

工匠没有办法，只好放弃了盖房子。

富翁的楼房没有盖起来，他不明白的是：“为什么不能只要视野最好的那一层呢？”

人就像一栋三层楼的房子。

第一层是身体的，是物质与欲望之所寄。

第二层是心意的，是感情与思想之所寄。

第三层是灵性的，是精神与意志之所寄。

只有这三层都建造起来的，才可以称为完整的人，从第一层登上第二层、第三层，可以说是一个人完成与圆满的过程。

比较可惜的是，许多人终其一生，心灵都没有得到更深层的开发，总在物质与欲望中浮沉，这就像拥有三层楼的人，从来没有登上二楼和三楼。

比较遗憾的是，一些向往灵性世界的人，往往轻视扭曲物质与欲望的价值，或压抑贬低感情与思想的重要，这就像只想建造第三层楼的富翁，无知而蛮横。

在我们的人生里，身心的所有经历、所有体验都是重要的，我们不只要用一生的时间锻炼精神与意志，也要关注感情与思想的发展，更要努力了解物质与欲望的本质。

石匠的愿望

有一个石匠，在山上采石的时候，由于山壁的石头坚硬，阳光又十分酷热，使他非常难受，忍不住一边工作，一边抱怨自己的命运。

他怨叹地说："这世界上最悲哀的事，莫过于做一个石匠了。采石的工作如此艰困，所得又这么微薄，做鬼都比做石匠好呀！"

石匠正在抱怨的时候，劈开一块巨石，巨石里跳出来一个老人，老人对他说："我是这座山的山神，听见了你的抱怨。到底你想成为什么样的人？我可以实现你的愿望。"

石匠说："我希望自己变成一个有钱人，钱多得用不完——"

山神于是实现了他的愿望。

变成有钱人的石匠，每天也不工作、也不思想，只是动脑筋怎么去花用那些钱。很快地，凡是能用钱买到的东西，他都已经拥有；凡是尚未拥有的，都是钱买不到的东西。

有一天，他在路上走着，想找一些东西买，那天太阳特别大，他被晒得头昏眼花，忍不住又抱怨起来，他嫉妒地说："真希望能变成天上的太阳！"

这时，山神又答应了他的希望。

石匠变成太阳，高挂在天上，他开心得不得了，心想："我要发起神威，用最大的热力，照得地上的有钱人全部屈服！”

正当他把热力加到最大时，有几朵云飘来，完全把太阳遮住了。他嫉妒地祈求山神：“山神呀，我希望自己变成一朵云，云比太阳强多了！”

话才说完，石匠变成了一朵云。他开心极了，不仅能自由自在地飞行来去，还可以遮日蔽月，更好的是，他可以随心所欲地在各地下雨。

有一天，石匠在天上飞得无聊，心想：“让我来下一场大雨，把一切都冲到大海里去吧！”于是，大地一片乌黑，狂雨席卷了一切。

但是，不管雨下得多么大，石匠发现，那高高的山峰对雨根本不在乎。石匠嫉妒地说：“山神呀，让我变成一座山峰吧！比起太阳和云朵，山峰是最强的！”

石匠的愿望马上实现，他变成一座巨大的山峰，他顾盼自雄、青翠生姿。他环视大地一圈，感慨地说：“这世上，再也没有比我更永恒不变、伟大无比的东西了！”

正当石匠自满感叹的时候，他看到有一个小小的影子在山脚下，正用各种工具在挖掘山峰，并且把大石头从自己的身上搬走。石匠大吃一惊：“那个人比我还厉害，迟早他会把这座山挖平。山神呀，我希望变成那个人，把我变成那个人！”

山神说：“你确定吗？我曾经发誓，把我挖出来的人，我会给他五个愿望，你已经用掉了四个，这可是你最后的一个愿望，你要三思。”

石匠说：“不管啦！你赶快把我变成那个比山峰还强的人。”

石匠的愿望实现了，轰然一声，石匠又变回原来的样子，站在山脚下，挥汗开采巨石。

偶然路过一间服饰店，看到门口挂着“改装拍卖，清仓不留”的招牌，便转进去参观。

巧遇一个最近刚被宣布“入阁”的朋友，他正在选买几套西装，那是因为今后可能要每天面对镜头，不能再像以前那么随兴的穿着了。

他羡慕地说：“还是你最好，怎么穿都可以。”

看着这位朋友西装笔挺的样子，不禁使我想到先前的几次聚会。想到在那一个房间里的人，大部分人都当了大官，不禁使我想起在山脚下开采石头的石匠，由于他知道太阳、云朵、山峰的过程，所以他乐天而知命。

同样一个石匠，内心有所开采，他的人生就完全的不同了。

安心地做一个石匠，安心地做好我们在人生里的角色，使自己安顿、成长，已经是最大的福分。

有一些鱼，喜欢龙门飞跃；有一些鱼，喜欢优游于江湖；有一些鱼，只爱在大海中嬉戏。我还是喜欢我的凉鞋、布衣和棉裤，偶尔念一段经：“吾视王侯之位，如过隙尘。视金玉之宝，如瓦砾。视纨素之服，如敝帛。视大千界，如一诃子……”

活着

有一个人很害怕死亡。

他心里想着："死亡是在前面呢，还是在后面呢？"

他想到："人总是在往前跑的时候死亡，例如飞机失事、车祸丧生。所有动物也都是在往前逃命的时候，被捕杀的。从来没有动物是在后退时丧生，所以，死亡是从后面追赶的。"

他得到一个重要的结论："要避免被死亡追上的唯一方法，就是走得更快速，更匆忙。"

于是，他每天总是行色匆忙，不论是吃饭、工作或走路，都比从前的自己快了三倍。

有一天，他匆匆忙忙地赶路时，突然被一个白胡子的老人叫住。

老人问他说："你如此匆忙，是在追赶什么呢？"

他说："我不是在追赶，我是在逃开呀！"

"逃开什么呢？"老人问。

"逃开死亡！"

老人说："你怎么知道死亡是在后面呢？"

他说："因为所有的动物都是在往前逃命时被死亡追上的。"

老人说："你错了！死亡不是在起点时追赶，而是在终点时等候的。不论你跑快或跑慢，都会抵达终点。"

“你怎么知道？”

“因为我就是死神呀！”老人说。

那个人大惊失色：“你今天出现，莫非我的死期到了？”

死神说：“哦！你不用害怕，你的死期还没有到，只是你一直跑得太快，我的兄弟‘活着’一直向我抱怨赶不上你，如果你不和他会合，和死亡又有什么两样呢？他特别请我通知你慢一些呀！”

“我要如何才能和‘活着’会合呢？”

死神说：“首先，你要站着不动，把心静下来；然后你要环顾四周，用心体会、用爱感觉、用所有的力量来品味，活着就会赶上你了。”

当他把心静下来的时候，老人说：“你回头看看，我的兄弟来了。”

他一回头，老人不见了，却看见了从来没有看见的、美丽的街景。

最近，和淳珍到日本的东京自助旅行，我们每年都会到东京，却从未像这一次，在东京住这么长的时间、走那么多的路、搭如此多的地铁。

我特地买了一个计步器，计算自己每天所走的路。我们每天并未特别行走，但是到饭店歇息的时候，计步器总是超过两万五千步。

在东京匆忙行走的人潮里，我们的步履算是缓慢的，这使我想到：人是在追赶什么呢？或者，是什么在追赶我们？

有时候，我会突然在人潮中站定，整个人潮的动线都会受到影响，就会和许多不耐烦的东京人摩肩擦踵。

或者，我们就坐在临窗的咖啡座，看人潮汹涌地流过去。难以理解的是，即使是周末和假期，人的流动也一样快速而匆忙。

呀！在人潮中，每一个个人，只是随生随灭的浮沫吧！

一粒海中的浮沫，是不是也有心情来体会潮汐呢？是不是也有机会静观海的深沉与广大呢？

在潮涌的人生，我宁愿用心体会、用爱感觉、用所有的力量来回味。所以，我要从容一些，和生活相会。

在锦系町的旅店，我写了这个寓言。

婢女和公羊打架

从前，有一个婢女，本性非常廉洁谨慎。她的工作就是在伙房里加工麦子和豆子，有时候把麦子磨成面粉，有时候剥豆壳、炒豆子。

这个婢女虽然非常努力、本性也非常好，却时常遭到主人的责骂。原因是主人家养了一头公羊，经常趁婢女不注意，钻到伙房偷吃大麦和炒豆，糟踏得满地，有时把磨具和量斗也踩破了。

主人总是把婢女叫来责骂一顿，说："豆麦怎么又少了？磨具怎么又坏了？"

婢女说："都是那头公羊趁我不注意跑进来偷吃和破坏呀！"

主人说："你连一头公羊都看管不好，还能做好什么事呢？"

婢女感到又生气又委屈，心里恨透了那头公羊。从此，不管在什么地方，腰间总是系一根木棒，只要公羊的头一伸进伙房，总是一棒敲在公羊的头上；走路的时候遇到了公羊，也总是噼哩啪啦一阵乱打。

一开始，公羊被打痛，就咩咩地逃走。久而久之，公羊也怀恨在心，不那么怕打了，只要婢女的棒子打过来，它就用犄角去抵她。偶尔婢女也会被刺中、撞倒，婢女的内心就更怀恨，下手更重。

这样恶性循环的结果，使婢女和公羊都生活在愤怒和仇恨里，几乎天天都在打架。到后来，婢女恨不得一棒打死公羊，公羊也恨不得一角刺死婢女。

有一天，婢女到伙房里生火，匆忙之间，忘了带她的棒子。公羊一看见她没有带木棒，认为机不可失，便用尽全力猛地冲向婢女。婢女看到公羊来势凶猛，心里一急，随手拿起一根烧着火的木柴丢向公羊。

柴火正巧烧着了公羊的背，公羊被烫得咩咩嚎叫，背着一圈火在村子里到处狂奔。烈火烧了伙房，烧了主人的房子，霎时村子成了一片火海，甚至在风力的吹送下，把村边的一片森林也烧光了。

烧了几天几夜，火终于熄了，在余烬下逃生的村民，检讨着这次火灾的原因，都说："村子和森林不是被普通的火烧掉了，而是被仇恨的火所焚灭呀！"

哥哥在乡下的房子养了四只纯种的台湾土狗。

台湾土狗素以忠诚敏捷著名，每看见主人就会趴在地上摇尾巴；台湾土狗又以聪慧善解著称，只要主人搭着朋友的肩，告诉它们："这是我的朋友，以后见到不要乱叫！"它们上来闻闻嗅嗅，输入记忆，以后见到那个朋友就再也不会狂吠了。

但是，台湾土狗更为人称道的是勇敢和凶狠，只要有陌生人侵入，总是一拥而上，毫不畏惧，也毫不留情。

哥哥养的土狗平常都在院子里自由奔跑，因此，只要有人按铃，不能立刻开门，要先把四只土狗一一拴好，才能开门，等拴好土狗，往往按铃的人已等了十几分钟。

有的人站在门外等得不耐烦，会劝哥哥说："这样太麻烦了。"

哥哥说："在开始的时候麻烦一点是好的，扑倒了人、咬伤了人，就更麻烦了。"

这使我想起《杂宝藏经》的这个婢女与公羊战斗的寓言，如果婢女在工作之前，先把公羊绑好，或关好伙房的大门，不仅生活平顺，最后还救了整个村子。

在我们心中的嗔念、生气、仇恨也像这样，不是突然焚烧起来的，而是逐渐累积的。怀着恨意生活的人，仇恨每日倍增，有一天逢到火苗，就会"一念嗔心起，百万障门开"，一发不可收拾了。

所以，我们要学习系住自己的心念。我们的心虽然像土狗一样，忠诚敏捷、聪慧善解，有时也不免有凶狠愤怒的时刻；在开始的时候花点时间系住念头，养成了习惯，就容易把负面情绪化为无形了。

能系念摄心，就不会随外境外尘流转；不能系念摄心，就会经常随业起无，与人共斗了。

百灵鸟说的故事

从前在森林里有一只百灵鸟，传说它非常会讲故事，总是讲得令人叹气流泪。

所以，为了听百灵鸟说故事，许多人跑到森林去捉它。传说百灵鸟被捉住之后，讲故事前一定会和听故事的人约定：“我说故事给你听，但是不管在任何时候你叹气了或流泪了，就要放我走。”

这是百灵鸟一直还在森林自由生活的原因，捉到它的人最后都只好放了它。

有一个国王听说了这只百灵鸟，他派了许多人到森林里捕捉到它，它对国王说：“我可以说故事给你听，但是不管在任何时候你叹气了或流泪了，就要放我走！”

国王说：“没问题，我早就知道你有这个约定了。”

百灵鸟开始说故事，它说：“从前从前，有个男人开车载了满车的金银珠宝，路过森林的时候，车子坏了。就在这时候，一个猎人带猎狗经过，那个男人就拜托猎人帮他看守车子，猎人答应了。

“那个男人下山求援，猎人则带着猎狗看守满车的宝物。”百灵鸟继续用感性的语调说：“夜幕渐渐低垂了，猎人担心家中年迈的母亲无人照顾，于是叫猎狗看守车子，自己赶回家去探望母亲。后来，男人带着工人回来了，看到只有狗在看守车子，便赏给猎狗一个金币，并叫它把金币献给主人。

“猎狗立刻衔着金币跑回家，将金币献给主人，没想到主人勃然大怒：‘我留你看守车子，你竟然偷了别人的金币！’就一棒打杀了猎狗。”

国王听到这里，忍不住叹气：“哎，可怜的狗！”

由于国王违反了约定，只好把百灵鸟放了。

但是，他还是很想听故事，又派人到森林把百灵鸟捉来，他说：“你开始给我讲故事吧！我知道你的约定，这一次我不会再叹息了。”

“从前从前，有一个妈妈要到井里汲水，叫家里的猫看好摇篮里的婴儿。妈妈走了以后，一只老鼠跑来咬掉婴儿的耳朵，小猫立刻上前捉住老鼠，把老鼠杀了，然后回到婴儿身边，把婴儿耳朵上的血舔干净，希望能止血。这时，妈妈回来了，看见婴儿失去耳朵，猫在舔婴儿的血，气愤不已：‘你这只死猫，竟敢咬我的孩子！’于是，就把猫杀了。”

国王听到这里，忍不住叹气：“哎，真不公平！”

由于国王违反了约定，只好放了百灵鸟。

他还是很想听故事，又派人到森林捉了百灵鸟，他说：“不管你说了多么悲哀的故事，我绝对不会再叹气！”

“我必须说，如果我讲了第三个故事，你还叹气，你就永远捉不到我了，我也不会再为你讲故事。”百灵鸟说完，开始讲故事：

“从前从前，有一个男人在沙漠中快渴死了，他带着空碗急着找水喝，好不容易在石缝中落下几滴水，他接了水，正想喝的时候，一只鸟飞过，打翻了他的碗。男人非常生气，就用碗砸那只鸟，鸟掉在岩石上死了，死在一条大毒蛇的旁边。原来，毒蛇正在睡觉，口里的毒液顺着石缝往下滴，刚刚男人接到的水其实是毒液，鸟是为了救他，而打翻他的碗呀！”

“哎——”

从此，再也没有人捉到那只百灵鸟。

小说家王祯和在他的小说扉页上，经常写着一句话：“生命中总也有连舒伯特都无声以对的时刻！”

无声以对有许多种情况，茫然、惊讶、悲哀、叹息、无能为力……都算是，不过，最令人难过的莫过于“冤枉”！

在行人道上被车子撞了，那是冤枉！

在百货公司门口被枪打中，那是冤枉！

被亲手扶养长大的儿子踹死，那是冤枉！

为自己支持的候选人落选而自杀，那是冤枉！

骑机车回家，被飙车族追杀，砍断了双手，那是冤枉！

…………

其实，蒙古寓言中那只会说故事的百灵鸟并没有失踪，而是飞进了人间，在新闻、在戏剧、在生命的真实情境中，诉说一些令人叹息、令人流泪的故事。

要避免叹息流泪的唯一方法，就是不要“太入戏”，不要随着外来的旋律起舞。在人生里无声以对的时刻，也要静心下来，聆听内在的声音。

在听新闻、看戏剧，面对无声以对的时刻，要随时有放走百灵鸟的准备。

在生命的森林里，经常这样对自己说：

“我知道你的约定，这一次我不会再叹气了！”

“不管你说了多么悲哀的故事，我绝对不会再叹气！”

不死的国王

春天的时候，一个国王带着一群臣子去登山。

他们登上了山顶，从山顶俯望着大地，国王环顾了一周，突然说：“你们看，这个世界多么的美丽壮阔呀！如果我能不死，就可以永远拥有这美丽的江山！”

旁边的大臣就开始讨好国王：“吾王万岁万万岁！大王英明神武，千秋万载之后，也还是一统江湖呀！”

另一个大臣谄媚地说：“吾王万岁万万岁！大王龙行虎步，千百年后必然还能登上这个山顶，俯看江山呀！”

众人你一言我一语地把国王吹捧了一番，只有一位老臣一言不发，等到大家都吹捧完毕，他突然说：“还是死了好！还是死了的好呀！”

国王听了非常震惊，大臣们都吓呆了。

国王说：“你这是什么意思呢？”

老臣说：“我是说人必有死，英明神武、圣帝贤王也不例外。假设人真的能不死，从古代到现代，有多少伟大的国王？如果他们都还活着，大王根本没有做国王的机会呀！而且以他们的才华智慧，大王也只能在他们的跟前当差。因此我才说：‘还是死了的好！’大王如果能好好治国，维持这美丽的江山，将来后人登上了这个山顶，就会怀念您的英明呀！”

国王听了，哈哈大笑说：“日后我痴心妄想的时候，或者他们喊万岁万万岁的时候，你可记得要这样提醒我！”

每到春天的时候，在飘扬着花香的小路登山，听着百鸟的歌唱、万蝉的吟咏，心里仿佛流转又流转。

然后站在视野辽阔的山顶了，俯看这万丈的红尘、千叠的绿树，就会格外的爱恋这美丽的江山，想起“但愿年年有今日，岁岁有今朝”的话。

坐在山顶的亭台，喝着去年的高山冬茶。在茶香的流动中，我想着，从大的视野看来，红尘绿树几乎年年都相似的，但年岁心思却是岁岁皆不同。当我们体贴那细微的不同处，则不免有一些苍凉，因为即使再好的春天，流逝的生命再也不可重回了。

在我们看着美好江山的时候，自我是一个国王，多么希望能永远拥有美丽的江山，我们的身心也都会附和我们，只有一个叫作“觉悟”的老臣会出来对我们说真话。

所以，在春日的山顶，在百鸟万蝉歌咏的缝隙中，我都会静下心来，听听老臣怎么说。

向内心掷石

有一个孩子，名叫“善掷”，他从小住在山坡上，由于山坡上有许多的石头，因此他的唯一玩具就是石头，他也以掷石头为乐。

他首先拿大树做练习，很快地，就能百发百中地击中大树；不久之后，他拿小树做练习，也能百发百中地打中小树；后来，他拿小草做练习，甚至能百发百中地打到草的尖端。

不只如此，他还拿河流做练习，甚至可以用一粒小石头在河面漂起五朵水花，然后击中对岸的草尖。

善掷很会丢石头，但让他心烦的是，他所打中的都是静止的目标，有一天他心里想：“打中静止的目标实在不算什么，我应该以活的动物作为练习的目标。”

于是，他先拿兔子、老鼠、蛇蝎作为练习的目标，只过了两三天，他已经能完全准确地打中这些陆地上的动物。

善掷心想：“光会打中陆地上的动物还没有什么了不起，我应该练习打中空中的飞鸟和水中的游鱼。”

善掷丢石头的技术早就出神入化了，因此没过多久，水里的游鱼只要被他看见，就会被击杀；空中的飞鸟也不例外，不论飞得多快，都会被他击落下来。

不只是投中空中的飞鸟，甚至可以精确地打中他要打的位置，例如眼睛、嘴巴，或者脚掌。

这件事很快就传开了，他也很热衷于这个游戏。不久之后，善掷居住的山坡附近，许多鱼少了一只眼睛，许多鸟少了一条腿，许多动物失去父母，许多鸟雀失去了孩子。

从各地赶来看他丢石头的人，不但没有非议他，反而赞叹他的神技，更使得善掷浑然忘我，认为自己是天下最会丢石头的人。

很远的地方有一位有智慧的人，听见了这件事，很同情善掷和被他伤害的动物，千里迢迢地跑来找善掷。

善掷正坐在河岸上练习丢掷鱼虾。

智者问他："你就是传闻中那个天下最会丢掷石头的人吗？"

善掷得意地说："当然！普天之下，再也没有人比我会丢石头了。"

智者说："那恐怕也未必吧！"

善掷说："你看那溪边有一只麻雀，我要打中它的左眼！"

智者还来不及阻止，石头已经飞出去了，溪边的那只麻雀惨叫一声，应声倒地。

善掷说："你过去看看，是不是命中左眼，天下还有比我更好的神技吗？"

智者说："你丢了那么多石头都是向外丢，这算什么神技，一个懂得向自己内心掷石的人，才算是懂得丢石头的呀！"

善掷说："你这是什么意思？我从未听过向自己的内心掷石，到底该怎么掷，你可不可以告诉我？"

智者说："你可以打中鸟雀的左眼，却看不见内心升起的欲念之眼；你可以打中风中摇动的草尖，却打不到内心烦恼的芽苗；你可以在黄沙中打中小蛇的七寸，却打不到内心那毫无慈悲的巨大毒蛇呀！就算你能打到这世界上一切的动物，如果你的内心不平息，又有什么意义呢？"

善掷听了非常感动，问道："您能不能当我的老师，教我向内心掷石的方法呢？"

智者说："首先，你必须先放下一切向外丢石头的念头，我会教你认识欲念、烦恼，调伏你的身口意，然后生起慈悲心和智慧的观照！"

善掷就拜智者为师，离开了自己长大的山谷。

听说，善掷离开山谷的那一天，所有的鸟都飞出来唱歌跳舞，所有的鱼都浮出水面，整座山都欢欣鼓舞。

从前，读到道元禅师的开悟偈：

空阔透天兮，
鸟飞如鸟；
水清澈地兮，
鱼行似鱼。

内心总是非常的感动，天空多么的开阔呀！鸟自由得就像鸟一样；水是多么的清澈呀！鱼快乐得就像鱼一样。这看起来是非常简单的事，但是在人类的无知无感中，鸟要自由地飞，鱼想快乐地游，又是多么的艰难呀！

我们的内心有一个天空，空中也有许多飞鸟；我们的内心有一个大海，海里也有许多的游鱼；我们心里的每一只鸟都自由吗？我们心里的每一条鱼都快乐吗？

以天空为例，我们如果要画一个外在的天空，只能画其中非常小的一张画布，却无法画出整个天空；假如要画出整个外在的真实天空，就必须有天空一样大的画布，但是，要将这张画布放在哪里呢？

所以，回来画自己的内心的天空吧！我们不需要画布，也不需要颜料，只要使我们的心更自由、更空阔，使我们的内在更快乐、更清澈呀！

与海鸥飞翔

有一个住在海边的青年，很喜欢海上飞翔的海鸥。

他每次看到海鸥飞翔，不像一般的鸟那样急促地鼓动翅膀，而是舒缓优美地顺着气流飘浮徜徉在空中，内心总是非常感动，希望自己能像海鸥那么舒缓优雅。

他每次看到海鸥在广阔的海面上，自由而平和地穿梭，仿佛没有什么事会让一只海鸥拘束或烦恼，内心总是非常感动，希望自己像海鸥一样，有自由和平的心。

他太喜欢海鸥了，所以亲戚朋友都不叫他的名字，而叫他小名“好鸥”。

好鸥是一个渔夫的孩子，平常随父亲在海上捕鱼，没事的时候，他每天划小船到海上去，与海鸥戏耍，日子久了，和附近的每一只海鸥都成为好朋友。

只要好鸥一出海，成千上百的海鸥就会飞到他的船边，有时停在他的船上休息，有时飞在他的头上盘旋，有时会钻到他的怀抱里，任他抚摩。

好鸥也会带一些小鱼去喂海鸥，并且向海鸥倾吐心事，他和海鸥的感情一天比一天深厚，大家也都知道：好鸥是唯一可以和海鸥说话的人。

有一天，好鸥的爸爸到外地去卖鱼，听人说海鸥的肉非常美味，远胜过家里养的鸡鸭。

爸爸回到家里，就对好鸥说："我知道你和海鸥很好，今天我听外乡的人说海鸥肉很好吃，你明天就去捉一只回来，让我尝尝海鸥的味道。"

好鸥心里很不愿意，但他是个孝顺的孩子，不愿违抗父亲的命令，就勉强答应了。

第二天，怀着忧伤的好鸥驾船到海上，非常奇怪的是，连一只海鸥也不愿意降落在他的船板，全部在空中飞舞鸣叫。

好鸥大吃一惊，他想："难道海鸥也知道我的心思吗？我作为海鸥的朋友，竟然想利用友谊来谋害朋友的生命，真是太卑鄙了。我绝对不自旨伤害明友，大不了，回去对爸爸说捉不到海鸥就好了。"

于是，好鸥跪在船头，向空中叩头谢罪，请求海鸥原谅自己的愚昧和卑鄙。

天空中的海鸥又纷纷地降落在船板上。

从此，他们又成为要好的朋友。

好鸥的内心更感动，他希望能学习海鸥的舒缓优雅、自由和平，以及细腻、敏感的心。

半夜里，不知从哪里飞进来一只蚊子，嗡嗡声把人吵醒，担心它会咬到妻子和孩子，独自坐在床边等那只蚊子。

说也奇怪，当心中有了杀念，蚊子就不知道跑去何处躲藏。

等得累了，躺回床上，将睡未睡之际，嗡嗡声又回来了。

如此折腾一夜，一只小小的蚊子竟使我为之失眠了。

相信许多人有类似的经验，杀念一起，蚊子立刻就知觉了。看到餐桌边的蟑螂，本来安静地停在那里，杀念一起，它就没命地奔跑了。

连小小的蚊虫都有着多么敏锐的觉察，何况是更高等的动物呢？人，本来也应该有敏锐的觉察，却因为欲念横生、杂务缠身，使我们迟钝、呆滞了。

所以，就敏锐的觉察而言，我们应该学习动物的单纯，以及对意念与环境的反射。

逆风的香

阿难是佛陀的十大弟子之一。

有一天，阿难独自在花园里静坐，突然闻到园中的花，随着黄昏吹来的风，飘过来一阵一阵的花香。

平常，有风吹着花香的时候，由于心绪波动，不一定能闻到花香。

当心静下来的时候，又不一定有风吹来，所以也嗅不到花香。

那一个黄昏，阿难的心情特别的宁静，又是春天——花朵最香的时节。正好春风飒爽，缓缓吹送。在这么多因缘的配合下，阿难闻到了有生以来最美妙的花香。

花香围绕着阿难，花香穿流过他的身心，然后流向不可知的远方。这些花香使阿难从黄昏静坐到夜里舍不得离开，这些花香也使得阿难非常感动。

在感动中，阿难宁静的心也随花香飘动起来，他想到了一些从未想过的问题：

草木都是开花的时候才会香，有没有不开花就会香的草木呢？

花朵送香都限制在一个短暂的因缘，有没有经常芬芳的花朵呢？

春花的香再远也有一个范围，有没有弥漫全世界的香呢？

所有的花香都是顺风飘送，有没有在逆风中也能飘送的香呢？

…………

阿难想着这些问题，想到入神，竟然使他在接下来的几天无法静心。

有一天，阿难又坐在花香中出神，佛陀走过他静坐的地方，就问他："你的心情波动，到底是为了什么呢？"

阿难就把自己苦思而难解的问题请教了老师，说："世尊，我就是为了这些问题而困惑不已呢！"

佛陀说：

"守戒律的人，不一定要开花结果才有芬芳，即使没有智慧之花，也会芳香。

"有禅定的心，就不必要在因缘里寻找芬芳，他的内心永远保持喜悦的花香。

"智慧开花的人，他的芬芳会弥漫整个世界，不会被时节范围所限制。

"一个透过内在开展，戒、定、慧的品质确立的人，即使在逆境里也可以飘送人格的芬芳呀！"

阿难听了，垂手肃立，感动不已。佛陀和蔼地说："阿难，修行人不只要闻花园的香，也要在自己的内心开花——有德行的香。这样，不管他居住在城市或山林，所有的人都会闻到他的花香！"

阳明山又逢一年一度的花季，因此每天上山赏花的人潮如织，虽然台北采取车辆管制，但每天往山上的路还是塞得动弹不得。

这使我想到：阳明山一年四季都有花，而且春夏秋冬都很美，为什么人总是要赶在花季去赏花呢？在赏花的人潮中，又有多少人是真正爱花、懂花、珍惜花的呢？或只是在花季中赶个时髦罢了？

如果我们的内心就是一个花园，人生的哪一天不是最美的花季呢？

如果我们的内心春风洋溢，人生的哪一个时候不是最好的春天呢？

如果我们有着宝爱、珍惜、欣赏的心，即使在人生的无寸草处行走，也会看见那美丽神奇的一瞥。

所以，花季的时候，不要忘了在自己的心里种花。

所以，赏花的时候，要使自己内在的戒定真香与外在的春花供养大地。

所以，在花中，既要感动，也要静心；在非想非非想处，也要有纯然再纯然的一念。

井里的月亮

在一片大森林里，住了一群猴子。

有一天，这群猴子从森林跑到村落玩耍，它们跑到大树下，看见了一口古井。

猴子从未看过古井，所以非常好奇，在井边绕来绕去，忽然发现井里有一轮明月。

猴子看过明月，也知道明月是天上的，可是井里怎么还会有一轮明月呢?

一只猴子就说："太好了，没想到井里也有明月，如果我们把它捞起来，放在洞穴附近，从此就没有黑夜了。"

猴王听了就骂它："你这自私的家伙！这月亮落入井里，马上就要死了，从此这世间的夜晚就永远黑暗了，为了拯救世间不陷入黑暗，我们一起把月亮捞起来拯救世界吧！"

虽然有的猴子意见不同，但是把月亮从井里捞起来却是有共识的，但是，井那么深，要怎么样才能捞到月亮呢?

猴王说："这并不困难，我先爬上这棵井边的大树，另一只强壮的猴子捉住我的尾巴，这样一只一只接下去，不就可以垂入井里，捞起月亮了吗？"

于是，猴子头尾相连，一只接一只地垂入井里，就在快到井底的时候，树枝突然折断了，所有的猴子都掉入了井里。

月亮依然高高地挂在天上。

到一个大学演讲，许多学生都对文学表示极大的兴趣，大家最感兴趣的是：“创作的题材是怎么来的？”

我说，创作的题材来自两个泉源，一是内在心灵的不断深入；二是外在生活的不断探索。过度依赖内在心灵，容易使人堕入井中，看不见天上的月亮；过度寻索外在生活，则容易使人失去深度。

“心中的深井”和“天上的明月”是相映照的，一个想要从事创作的人，有时要低头观心，有时要昂首望天！因为，人生或艺术的本质，无非是在“天心”之间来回观望呀！

这个观点说来抽象，所以我给学生讲了佛经中猴子捞月的寓言。猴子因为看不见真实的本质，只以幻影为真，终于“一猴引众猴，相率入井中”了。

文学的写作是这样，要体会人生的真味不也是这样吗？

人只是“宇宙”与“心灵”之间的插头，唯有把插头接入宇宙的大能源，心灵的灯火才能发光发热。反过来说，如果有一座核能电厂，没有插头、没有灯泡，等于没有能源一样，人生只是漫漫长夜！这正是佛经里“一灯能灭千年黯，一灯能燃百千灯”的道理。

虽然在许多无知的人眼里，文学艺术的创作不值一文，但是，若要点燃心灵之灯，文学艺术的重要就不亚于政治经济的发展了！

最后一跃

三只青蛙同时掉进一个牛奶桶里。

第一只青蛙，在桶里游了一圈，发现根本没有出路，就放松四肢，等待着死亡。

第二只青蛙，在桶里游了两圈，发现找不到出路，在桶中大声地呱呱叫，希望有人来救援。

第三只青蛙，在桶里游了三圈，发现没有出路，它潜入桶底，发现也没有出路，但是它发现桶子是倾斜的，于是它在斜面的桶中拼命跳跃。

跳了又跳，跳了再跳，一跳再跳，终于被它踩到一小块凝结的乳酪，最后一跃，第三只青蛙跳出了牛奶桶。前两只青蛙一直到死，都想不通第三只青蛙是怎么跳出去的！

散步的时候，我偶尔会经过一座游泳池。

有一次路过，听见青蛙的呱呱叫声，转过去看，发现由于是冬天，游泳池停用，池内飘满了落叶，池子是干涸的。

我跳入池中，发现池里有许多小动物的尸体，还有一些活着的青蛙、蟾蜍、蟋蟀，原来都是不小心跳入干涸的游泳池，再也出不去了。

把那些活着的小动物救起来，一一放入草丛间，并叮咛它们："以后走路的时候要小心喔！"

从此，我每回路过那个干涸的泳池，都会进去把还活着的搭救上岸。

我想着，小动物有时会落入一个完全找不到出路的泳池，人何尝不是呢？在人生里也有许多时候，会陷入巨大、干涸、无望的池里，在那样的时刻，除了呼救和等待，又能如何呢？

只是，在呼救和等待的同时，我们不能绝望，即使困局无解，也要跳到最后一跃！

第四章　沙漠花园

想要在沙漠中创造绿洲，靠的不是美梦，也不是奇迹，而是信念、实践和平常心。

沙漠花园

有一群人在沙漠中迷路，正在焦急不已的时候，远远望见一个绿洲。

当他们走进绿洲的时候，又欣喜，又感动，原来这不是天然形成的绿洲，里面种满了花果蔬菜、五谷杂粮，还养了许多牲畜。

一群人又饥又渴，便不客气地把园子里的蔬菜拔来煮了、院子里的鸡煮来吃了。

他们一边吃一边议论纷纷。

一个说："这不会是做梦吧！或者是我们死了，到了天堂还不知道呢？"

一个说："这不是梦，而是一个奇迹，一定是我们平时笃信宗教，得到的示现呀！"

一个说："你们别傻了，这些泥土是多么真实，而且这些蔬果有的掉落、有的凋零，这不是天堂或奇迹的现象，一定是有一个农夫在这里耕耘呀！"

正在他们讨论的时候，绿洲边的一间小木屋，走出一位老伯伯。

原来这真的住了一位农夫。大家兴奋地迎上前去。

"老伯伯，这片绿洲是你耕耘出来的吗？"

老伯伯说："是呀！我在这里耕种已经很久了。"

那群旅行者中，有一个植物学家，非常惊讶地问："请问，您是怎么办到的，在一片大沙漠里种出绿洲，而且让植物都长得这么好呀？"

老伯伯说："这一点也不稀奇呀！我从来也不觉得这里是一片沙漠呢！"

有一年，我应国际佛光会和美国《世界日报》之邀，在美加巡回演讲，最后几站是在沙漠里。

我们去了拉斯维加斯、达拉斯、凤凰城。

那时节是盛夏，沙漠酷暑，气温总在摄氏四十五度到五十度之间，虽然室内有空调，但一走出户外，就轰然一声，仿佛走进一个火炉。

虽然有不可承受的高温，达拉斯、凤凰城却都是美丽的城市，家家户户都有美丽宽阔的花园，路边矗立着高达两三层楼的仙人掌。

在达拉斯，我住在一个银行总裁的家里；在凤凰城，我受到医生朋友的接待；他们的庭园数千坪，更是缤纷多彩、美不胜收。

我问朋友："如何在沙漠里经营出这么美丽的花园呢？"

朋友说："我从来不觉得这里是沙漠呢！"

确实，当我们走进梦幻的拉斯维加斯，有谁会在柳绿灯红中，看到它原来是一片黄沙呢？

我想，心灵也是这样的，想要在沙漠中创造绿洲，靠的不是美梦，也不是奇迹，而是信念、实践和平常心。

隐形人

有一位青年，在森林里修行，无意间学会了隐身术。

他发现把七十二种草药磨成粉末，放入水中，然后人在水里浸泡一个小时，就可以一天一夜隐身，不会被发现。

自从学会隐身术，这位青年就开始不安了，因为独自住在森林，会隐身术又有什么用呢？

“我应该利用这个隐身术，做一些好玩的事，反正别人不会知道，又有什么关系呢？”他心里这样想着。

青年生起了一个荒唐的念头，他觉得人最高的享乐就是做一个国王，于是他决定：“让现在的国王做白天的国王，我来做夜里的国王吧！”

青年有恃无恐地潜入王宫，每天晚上吃吃喝喝，肆意寻乐，甚至任意侵凌嫔妃。

王宫里的东西经常短少，后宫的妃子常被侵犯，但是因为找不到任何证据，大家都以为是鬼怪作祟，不敢声张。

这样过了一百天，许多后宫的嫔妃都怀孕了，她们知道无法再隐瞒，便含羞忍辱地将鬼怪作祟之事禀告国王。

国王大为震惊，也以为真有什么鬼怪，否则王宫戒备森严，怎么会发生这么奇怪的事？

国王立即召集大臣，紧急商讨对策。

一位有智慧的大臣，禀告国王说：

“大王，像这种事情只有两种可能：一种是真的鬼怪作祟，一种是人假借方术为非作歹。微臣建议，从今晚起，在宫中各门前放细土，就可断定是鬼怪还是人。如果是鬼怪，细土自然不会有痕迹；如果是人，凡走过必留下痕迹，细土上就会有脚印。鬼怪可以用法术镇服，人便可以用侍卫格杀了。”

国王听从了大臣的建议，命人将细土放在各门前，如果看见脚印走过，就立刻禀报。

会隐身术的青年，不知道事情败露，到了晚上，依然大摇大摆地走进王宫，细土上立刻印上了脚印，卫士马上禀报国王，国王立即调兵堵住了一切门户，命卫士挥刀乱砍，将皇宫上上下下都砍遍了。

隐形的青年就这样死在乱刀之下了。

在日本的京都奈良，参观了许多著名的美丽庭园。

这些庭园除了是寺庙之外，大多是幕府时代诸藩的城池和住家。

庭园的四周满布白细沙，看起来洁净而富有禅意，沙间的大石，相隔广远，更增添几分肃静。

正当我在赞叹的时候，日本的朋友说：“这细沙和大石并不是为了禅意而设置的，而是为了防止忍者的入侵和暗杀，忍者虽能腾空跳跃、攀檐走壁，但是踩在细沙上就会有声音，也会留下脚印。大石相隔较远，超出忍者跳跃的距离，但在我方则方便作为夜间的守望。”

除此之外，回廊的木板还有许多机关，例如，将悬置丝线的木板不规则地拼在地板中，只要有人踩过就会启动机关发出响声；室中不置橱柜，若有箱椅，也要小于一人可隐身的尺寸……

听得我目瞪口呆，原来那简洁、肃静、优美的禅意里，竟隐藏了杀戮与攻伐呀！

因此，不论是武艺高强的忍者，或是法术奇特的术士，只要是人，“凡走过的，必留下痕迹”，这一点是毋庸置疑的。

不论权倾天下或升斗小民，每个人的脚下都铺着一片白沙与细土呀！

石头心

有一位打零工维生的青年，名字叫“一心”。就像他的名字一样，他一心梦想着致富，脱离贫穷的生活。

一心听说在海边的森林里，住了一个石头精灵，可以让人梦想成真，一夕致富，唯一的条件就是拿自己的心来交换。

一心想着：“与其贫穷痛苦地活着，还不如无心快乐地活着，出卖自己的心又有什么要紧呢？”

于是，一心不顾父母亲友的劝阻，出发到遥远的森林去找石精，历经千辛万苦，他终于找到传说中的那一块参天的巨石。

一心跪下来顶礼膜拜，如传说中向巨石祈请：

“伟大的石精！不朽的石精！崇高的石精！请允我所求！”

不知道拜了多少拜，精诚所至，金石为开，巨石突然轰的一声裂开，跳出一个金头发绿眉毛、红眼睛银胡子的老先生，老先生的身体圆滚滚的，看起来就像一块石头。

老先生的长相虽然奇特，笑容却很可亲，他笑眯着眼，问一心：“年轻人，你有什么事情祈求我呢？”

一心看到石头精灵并没有想象中可怕，心就定了下来，说：“石精伯伯，我的生活实在是太苦了，特别来祈求您让我实现梦想！”

石精说：“你有什么梦想呢？”

一心说：“我梦想在短时间内成为富有的人！”

“这个很简单，你可知道我的条件？你仔细想过了吗？”石精问。

一心说：“我知道，先要把心卖给您，您才会让我实现梦想，我已经仔细想过了。只是有一件事我想不通，当我把心卖给您以后，究竟要怎么活下去呢？”

石精笑得更开怀了，他说：“你跟我来。”

石精带着一心穿过石头的裂缝，走进一间石室，石室的四周全部用大理石砌成一层层的架子，架子上摆满了透明的水晶盘，每个水晶盘上都放着一颗心，盘子前则放着那颗心的主人的名牌。

石精说：“这些心都是它们的主人拿来交换梦想的，从此，他们的主人就会换上我给的石头心，他们就再也没有感觉，不会痛苦、不会不安，他们的梦想也就实现了。”

一心一看，大吃一惊，那些名牌上有的是大商人，有的是大官，也有医生和律师，几乎各行各业都有卖心的人，原来那些在社会上呼风唤雨、大有名望的人，许多人的心都是石头做的呀！

正当一心注意看着名牌的时候，突然一阵晕眩，昏了过去。

醒来的时候，一心躺在巨石外面，老人不见了，石室也不见了，身边放着一盘金币。“这大概是我卖心的所得吧！卖了心不但没有感觉，反而比从前轻松多了。”

一心用那些卖心的金币做生意，从此，不论做什么都得到财富，很快成为非常富有的人，可是他失去了感觉，也不快乐、也不痛苦，不久他就后悔了。

他跑回去找石头精灵赎回自己的心，他把这几年赚到的钱全部给了石精。

当一心听到自己的心跳时，开心得不得了，他穿越森林回到自己的故乡，逢人就说：

“如果要出卖自己的心才能得到财富，还不如拥有自心而平凡的活着。”

听朋友议论时政，谈到许多政治人物，不去立德、立功、立言，反而随意拨弄就有数亿财富，不论怎么被指责，他们总说：“这是合法的。”

朋友下结论说：“合法不一定合情合理，合乎良心，有时候感觉，人一旦涉入政界，就好像换了一颗石头的心，没有任何的良知和感觉了。”

这个比喻，真是太好了！

当我们讲到“石头的心”，当然指的不是心脏，而是知、情、意，是思想、感情、意念。

通常，在知情意的驱使下，我们会为自己的贪心而脸红心跳，为自己的嗔恨而惭愧内疚，为自己的愚昧而反省忏悔。但是，一个人如果思想僵硬了、感情腐败了、意念无明了，他就会不在乎别人的苦乐，我们称这种人是“心如木石”。

只要我们能仔细地观察，会发现这世界心如木石的人并不少见，他们都是年轻时在某一个森林，卖掉自己的心，盘子边上都写着他们的名牌。

不贪心汤圆

天上的神仙吕洞宾，想要收一个徒弟。

他的七个神仙兄妹就问他：“你收徒弟有什么条件呢？”

吕洞宾说：“只要不贪心就好。”

其他的神仙说：“这个条件最难，因为不贪心的人，在人间已经灭绝了。”

吕洞宾不相信，他说：“我就不信全天下没有一个不贪心的人。”

于是，吕洞宾下凡来，寻找一个不贪心的徒弟。

他化身为一位老人，在供养自己的庙门口摆摊子卖汤圆，汤圆摊子的招牌写着“不贪心汤圆”，左右对联一副“一文钱吃一个”“两文钱吃到饱”，下面一行小字“吕洞宾手工精制”。

“吕洞宾庙”门口喧吵的香客，都是到庙里去烧香拜拜，求发财、求子嗣、求姻缘、求升官……但是没有人认识庙门口那一位真正的吕洞宾，只觉得老人面善，汤圆好吃，人人总是付两文钱，吃三四碗汤圆，有一些胃口大的，吃七八碗也是常事。

“不贪心汤圆”摆了七七四十九天，吕洞宾从来没有遇到付一文钱吃一个汤圆的人，这使神仙也感到可恼：“难道真如我的师兄妹所说，不贪心的人在人间已经灭绝了？”

吕洞宾自定的四十九天期限已到，就在最后一天黄昏的最后一刻，一个流着鼻涕的小孩赶来吃汤圆。

“给我一个汤圆。”小孩说。

吕洞宾心内暗喜，莫非是吾徒来也！

小孩吃了一个汤圆，付了一文钱，起身就要离去。

吕洞宾叫住他：“小兄弟，你为什么不付两文钱吃到饱呢？”

一问，小孩眼泪立刻狂飙，一边哭一边诅咒：“这都要怪我那没良心的娘！我哭得死去活来，她只肯给我一文钱；我摔地撞墙，说一文钱只能吃一个，两文钱就能吃到饱，她死也不肯给我第二文钱呀！呜呜呜！”

吕洞宾长叹一声，“不贪心汤圆”摊化为乌有，吕仙也飞上天去。

从此，吕洞宾再没有下过凡，也没有收过徒弟，武侠小说里说他下凡收徒，都是瞎掰的。

午后，我常沿街散步漫走，三年前说“租约到期，疯狂特价”的鞋店，现在还开着；两年前说“结束代理权，不买会后悔”的服装店，现在还开着；一年前说“结束营业，改装拍卖”的饰品行，也还开着……

更有趣的是，一家有名的家具店，“年关将近，一折起大特价”，我进门就问：“哪些是一折的呢？”

店员带我走上三楼，指着两张老旧的、连坐板都没有的椅子，说：“只有这两张是一折的，原价八千六，现在只要八百六。”

“没有坐板的椅子怎么坐呢？”我问。

连店员都笑了：“喔！搬回去，自己钉个坐板，委托我们公司钉也可以，一张酌收工本费一千五。”

中山北路的家具店就是这样，永远是“一折起”。

忠孝东路的百货公司也是这样，永远是“五折起拍卖”。

全世界的店家都是这样的！他们和吕洞宾相反，永远在寻找贪心、不满足的人。

由于不贪心的人已经灭绝，所以，他们永远可以找到顾客；所以，他们的租约不会到期、代理权不会结束；所以，他们会永远开着、永远拍卖！

草木的对话

从前有一个名医，叫“神农”。

神农从小就在森林里长大，对森林里的一草一木都有很深的感情，他对所有的草木都平等对待，又另眼相看。

他对草木的平等对待，是认为天下的草木都可以做药，治疗各种病症，如果不被重视，是没有遇到知音的人。

他对草木的另眼相看，是认为每一种草木都是独一无二的，各有独特的品性和价值，是别的草药不可取代的，即使是毒药，如果用在正确的地方，也可以救人。

由于平等对待，神农对草木的态度非常细腻；由于另眼相看，他对草木的感情也特别深刻。

传说，神农从小的时候，要认识一棵草木，他一定会跪下来，用尊敬的心采一片叶子，放在嘴里细细地咀嚼，然后闭起眼睛，深深地感受叶子在身体内的感觉。然后凝神专注地倾听、与草木对话，这时他就能分辨和断定那植物的属性和用途。

神农如此了解草木，所以他善用草木为人治病，有时候用一种草药治好很多种病，有时候用很多种草药治一种病。天下的草，他没有不能用来治病的，天下的病，他没有不能治的。

唯一的一次是，有一次神农尝了一种有毒的草，正痛得在地上打滚的时候，有一棵植物听见神农的呻吟，自己脱落了几片叶子，对神农说："你尝尝我吧！"

神农吃了那几片叶子，毒就解了。

那棵植物，就是茶树。神农后来在《神农百草经》里说："茶，能解百毒。"

有一天，神农死了，消息一传开，被他治过病的人都哭得很伤心，但哭得最伤心的是天下的草木，它们都被深深的寂寞孤独所笼罩，伤心地痛哭。

有的草木说："我们能替人治病，是因为神农认识我们，他死了之后，再也没有人认识我们，我们就会孤独寂寞而死呀！"

有的草木说："后世的人读了神农的书，虽然认识我们，但可能用错了，或用多了，或用少了，万一病没有治好，还以为是我们不灵呢！"

所有的草木都说："想起从前神农是那么爱惜和了解我们，再想起以后没有他的日子，真是令人伤心呀！"

在所有的草木哭得死去活来的时候，只有一棵翠绿的不起眼的植物，用低沉的声音说："大家也不用太伤心了。"

草木抬眼一看，原来是曾救过神农许多次的茶。

茶安慰大家说："在神农还没有诞生之前，我们就诞生在这个世界，我们有自己的价值，并不会因为神农的出生或死亡而有增减。大家也不用太伤心，只要我们保有自己的本质，今后一定还能找到许多的知音呀！"

草木听了，都感到安慰，就停止了哭泣。

少年时代，读到一册三皇五帝的书，其中有关神农氏的事使我感动，神农尝百草为医药，以治疾病；教民为耒耜，以兴农业；立市廛，以通财货。可以说中国的医农商起于神农氏。

最使我动容的是“神农尝百草，日遇七十二毒，得荼而解之”。荼，就是茶的古字。在一个没有任何化验、分析仪器的时代，神农用自己的舌头来分析，用身体来试验，在一天内竟然中毒七十二次，如果没有很强的研究精神和很大的悲悯心，是不可能做到的。

据古代的历史记载，神农是我国第一位发现和饮用茶叶的人，唐朝的陆羽在《茶经》中说：

“茶之为饮，发乎神农氏，闻于鲁周公。”

神农氏与茶叶的传说有两种：一是神农为人民治病，亲尝草药煮出的水，正煮水时，偶然有茶叶飘入锅内，才发现茶水可以治病；二是神农有一次吃了金绿色的滚山珠，中毒而昏死在茶树下，茶叶上的露水偶然滴入神农的口中，他因而得救，才发现了茶。

不久前，出土于湖南长沙马王堆的汉代文物，曾在台北的故宫博物院展览。其中马王堆的四号墓里出土一枚玉石官印，刻着“荼陵”两字，荼陵即茶陵，是中国唯一以茶命名的县份。

传说是因为神农驾崩于该地，当地还有一座炎帝陵，是由于后世的人感念神农发现了茶，才以“茶陵”代替“帝陵”为名。宋代罗泌著的《路史》上说：“炎帝崩，葬长沙茶乡之尾，是曰茶陵。”

在神农发现茶之前，满山遍野早就有茶树的丰姿了，神农算是茶的第一个知音。

此后，茶有了千千万万的知音。

我每天在喝茶的时候，都会想到茶水虽然无言，但里面却是千言万语的，每一种茶，它在水里诉说自己的身世、自己的个性、自己的风格和本质……有知味的人，就听见茶的语言；没有知味的人，茶也不会失落自己的存在。

茶如此，天下的植物不也如此吗?

从前，八指头陀在山上看人砍樱花，听见了满山的哭号，因而泪流不已。如今，我们看人一片山、一片林的毁坏，竟能无动于衷，想到神农倾听每一株草的消息，真是令人浩叹呀!

秋水香花，绿雪灵芽；春风十里，茶香百里。在一个冷漠的时代，谁知谁闻呢?

一双象牙筷子

纣王刚当上皇帝的时候，心里盘算着："我现在已经不是普通人了，衣食住行当然要和一般的百姓不同！"

"但是要怎么样才能显示出皇帝的威仪呢？"一天，纣王吃饭的时候想着。他突然看见手中的筷子，便自言自语地说："一般人都用竹子、木头做的筷子吃饭，王公商贾则用金银做的筷子吃饭，我虽贵为皇帝，却没有特殊的筷子，不如我从筷子做起，先用象牙的筷子吃饭吧！"

于是，纣王找了国内最好的工匠，又命人找来最好的象牙，他对工匠说："你帮寡人雕一双九龙筷子，每一支要有九条龙，一双要有十八条龙，但是它的轻巧要像竹木的筷子一样。"

纣王要雕一双九龙筷子的消息，很快就传开了，住在很远的地方有一个叫箕子的，是很有智慧的人，他一听到纣王要雕象牙筷子，就肯定地说："纣王要亡国了。"

朋友就问他："为什么只用一双象牙筷子就会亡国，牙筷和国家有什么关系呢？"

箕子说："那关系可大着呢！"

箕子又说："纣王一旦用了象牙筷子，就再也不会用陶土做的碗吃饭盛菜了，一定要用犀角或翠玉做的杯盘来相配。

"犀角翠玉做的杯盘，也不会用来盛装小米青菜，必然要装一些象尾豹胎等稀有的山珍海味。

“吃了象尾豹胎，自然就不能住在茅屋，也不能再穿粗布的衣服，必然要穿层层的锦衣，住在巨大的宫殿里。

“这样继续下去，享乐就会不断地扩大，欲望也就永远不能满足，最后就要用天下百姓的民脂民膏来填饱一个人的欲望，国家一定会灭亡的！”

果然，纣王很快就灭亡了。

那一双象牙筷子也不知道流落到什么地方了。

亲戚的孩子来台北过寒假，我看到他整天拿着手机，连洗澡睡觉也不例外。

我问他：“为什么洗澡睡觉不把手机关了呢？”

“怕错过了重要的电话！”他说。

对于向来不使用手机的我，实在不能理解：一个大学生有什么重要的电话，要在洗澡睡觉时接？而且非要用手机来接？

我看他很宝贝那支手机，才知道那是最新型的、最炫的，一支的价格是他三个月的零用钱。一问之下，才知道这是他的第三支行动电话。

“那两支旧的呢？”

“一支是一年多前的，给了爸爸；一支是半年前的，给了妈妈！”他说。

我说：“这支如果要换，就送给我吧！”

他笑得很开心：“好呀！我正看上了一支更新型的，在存钱呢！”

他告诉我，现在的孩子和以前不同，以前的会比球鞋，你是穿耐克的或阿迪达斯的？还是穿乔丹的或奥尼尔的？现在只比手机，如果拿出来的是两三年前的手机，班上的同学会笑倒在地上！

手机不只是方便而已，早就成为年轻人比炫比酷的用具了！

相信手机已成为许多父母的噩梦和一些年轻人痛苦的根源。

父母的噩梦是，手机价格昂贵，而通话费更是昂贵，许多子女每个月用数千上万的通话费讲一些言不及义的话，父母则成为代罪羔羊。

年轻人的痛苦是，许多人买不起手机，没有“象征身份地位”的东西。买得起的则为了更换新的机型，去筹超出自己能力范围的金钱。

我有时路过通讯行，看到一年前流行的手机，现在只要一块钱，有点不敢相信自己的眼睛，这种追逐怎么会有止境呢？

我想到纣王的象牙筷子，一双象牙筷子，就使智者想到亡国的景象，我们如果放弃自我的价值，去追随手机的流行，又会走到什么路上去呢？

偶尔看见大学的学生，为了抢夺手机而断送大好前程的新闻；高职的学生为了买手机送给女友，绑架孩童勒索。这和纣王的象牙筷子又有什么两样呢？

千里马的哭泣

从前有一匹白马，日行千里，毛色晶莹，很受主人的疼爱。

这匹千里马，年纪一天一天大了，从一天跑一千里，变成一天跑八百里、五百里、两百里……后来它真的老到跑不动了，一天只能跑一百里。

因为年纪大，毛色变得斑驳灰暗了，牙齿也开始脱落了，主人看它没有利用价值，就用很便宜的价格把千里马卖了。

经过几次辗转出售，千里马被卖给了一个卖盐的贩子。盐贩不知道那是一匹千里马，自己骑着驴子，却赶着千里马驮着沉重的盐包，要越过山路陡峭的太行山。

千里马背着沉重的盐包，在坎坷的山路上艰难地行进，先是被烈日煎熬，盐巴和汗水溶化像雨一样地流下来；接着，踩在石块上，不小心打滑跌倒了，压断了尾巴；好不容易翻爬起来，又一个闪失趴跌在地上，马蹄和膝盖都摔破了，鲜血和盐水沿路洒在草路上，变得绿绿、白白、红红，一片模糊。

盐贩手中的皮鞭，一刻也没有停止过，啪啪啪地响彻了山谷。

最了解马匹的伯乐先生，正好坐着马车从太行山路过，听见了皮鞭的声音，就赶过去看看。

这时候，千里马正好来到一个陡峭的山坡，它不论如何用力也攀不上去，爬着撑着，全身颤抖。

盐贩手中的皮鞭像雨点打在千里马的身上，边打边骂：“真是倒了八辈子的霉，买到一匹又烂又老又无用的马呀！”

连盐贩骑着的驴子都咧开嘴，幸灾乐祸地嘲笑着。

伯乐只是看了老马一眼，就大吃一惊：“我虽以识马知名，这一生也没见过几匹如此俊逸的千里马呀！”

伯乐连忙跳下车来，疼惜地抚摩着伤痕累累的马背，抚着、摸着，忍不住痛哭失声，立刻把身上的大衣脱下来，盖在还颤抖不停的马背上。

千里马的眼泪止不住地流下来，先是低着头喷了一口长气，然后仰天长啸，啸声震动了整个太行山，声音就像黄金敲响玉佩那么响亮。

啸声冲上了云霄，在天空飘流，等到啸声结束，千里马微笑着闭上眼睛，死了！因为它终于遇见了一位真正的知己，死也无憾了。

去参加朋友公司的年终会，老板颁奖金给年资较深的员工，五年以上、十年以上、十五年以上……

老板还特别致辞感谢这些优秀资深的伙伴，感谢他们不只为公司奉献了心力，也献出了青春。他说：“公司最大的资产不是业绩，而是员工所奉献的青春。”

每次我看到这种场面，内心都非常感动，想到我在美国达拉斯有一个朋友，原是高科技公司的总经理，因为年纪大了，被公司裁员，成为一家健康食品公司的推销员。又想到台北的一个朋友，原是大建设公司的总经理，年资最深、薪水最高，因为建筑业不景气，第一批被公司资遣，几年来找不到适合的工作……

这时，我总会想起在《战国策》中哭泣的那匹千里马："骥于是俯而喷、仰而鸣，声达于天，若出金石声者，何也？彼见伯乐之知己也！"

找不到千里马的伯乐，固然可叹！但遇不到伯乐的千里马，更是悲哀！

在真实的人生里，许多伯乐和千里马是缘悭一面的，以致伯乐经常踽踽独行，千里马则常常哀哀哭泣！

更悲哀的情景是，伯乐与千里马终于相逢了，千里马老了、跑得慢了，就被主人贱价出售，不管它是否会流落到太行山去背盐包，让愚笨的驴子嘲笑、被粗暴的盐贩鞭打！

可惜，粗暴的盐贩很多，识马的伯乐却很少，能识千里之骥，又能临老不弃，更是少之又少呀！

神奇的药方

有一个乡下人，到市镇去游逛，不意间看到街边有人在哀哀叫着。

他靠近一看，才看清那个人满头都是脓包，正痛苦地哀号。

他忍不住问道："先生，你怎么回事呢？头上长了这么多大包！"

那人一边哀号，一边说："我刚刚在林子里被虎头蜂螫了，疼痛不堪，听说这家的主人有治虎头蜂的秘方，特来求治的。"

正在说话的时候，屋里走出一个郎中，手中拿个药罐子，罐里有个小勺。郎中用小勺从罐中取出一团黑色的东西涂在那人的头上，说："这些药涂在脓包上，过几天肿就消了，你再来涂几次，很快就好了。"

那人涂了黑色的药，疼痛减去不少，付了钱，鞠躬称谢而去。

乡下人看见整个过程，大感神奇，就恳求郎中告诉他罐里装的是什么药，为何如此好用？

郎中说："我不能随便告诉你，因为这是我祖传的秘方。"

乡下人一再地恳求，最后郎中就忍痛以一两黄金卖了药方。

郎中说："我这药没什么奇特，就是捡来牛粪，和着水熬开，敷在肿大的脓包上，有意想不到的奇效。”

买到这个神奇的药方，乡下人就一路捡牛粪回家，然后叫太太说：“你把这些牛粪和着水熬开！”

“这是要干什么？”太太问道。

乡下人说：“你先别问，我今天得到一个神奇的药方，等一下你就知道它的疗效。”

说完，他就跑到林子里，找到一个特大号的虎头蜂窝，用手把它捣破了，很快就被叮得满头包。

他开心地跑回家，对太太说：“你快把熬好的牛粪涂在我的脓包上，用热牛粪治虎头蜂的叮咬，就是我今天买到的药方呀！”

太太气得说不出话，把牛粪整盆倒在他的头上。

他开心地说：“真舒服！原来用牛粪治疗真的有效呀！”

小时候住在乡下，医药缺乏，因此有很多的“土方”，例如用牛粪治虎头蜂的叮咬，除此之外，热牛粪还可以治疗肿痛和外伤。

我至今不能明白，牛粪为什么有这么神奇的功效，但我记得母亲用牛粪敷在我身上的那种气息和热感。

如今，当然不会有人用牛粪来治肿痛了。从前以牛粪治疗也是不得已的，如果为了得到牛粪的秘方，故意去捅虎头蜂窝，就是愚不可及的人了。

我有一个朋友的父亲喜欢看电视购物频道，经常买一些用不着的药品，这些药品许多打着“祖传秘方”的旗号，其实是像牛粪一样的东西。

朋友经常劝父亲不要花冤枉钱，他父亲说：“先买了，如果得那种病，就可以吃了。”

实施全民健保之后，健保连年亏损，原因是许多人取了过多的药品，甚至囤积起来。为什么台湾人这么爱吃药呢？我想起一位医生朋友说的：“药就是毒，可惜大家都不知道！”

可见，不管什么时代，外相虽然不断地变化，人在某些本质上并没有太大的成长。

猫头鹰的歌声

一只斑鸠正在草原上觅食，突然看见猫头鹰飞过来。

斑鸠心想："这猫头鹰本来都是夜间出没的，为什么现在白天就跑出来呢？"他忍不住问道：

"猫头鹰兄，大白天的，你这么匆忙，要赶去哪里呢？"

猫头鹰说："我正要搬家呢！我要从东边的树林搬到西边的树林去。"

斑鸠："东边的树林环境很好，动物也很友善，干吗搬到西边去呢？"

猫头鹰："不是环境的问题，我有不得已的苦衷呀！我的生活本来就是昼夜颠倒，和其他动物不同，我又喜欢在夜里唱歌，东边的动物都讨厌我，它们嫌我晚上不睡觉，歌声又难听，吵得不能安眠。它们每天都在赶我，我想搬到西边的树林，说不定情况会有改善呀！"

斑鸠："我看你也不用搬到西边的树林了，因为不久，你就会再一次被赶出来！"

猫头鹰："为什么呢？"

斑鸠说："那是因为你不能认识到问题的本质而去改善它。首先，你可不可以白天工作、晚上睡觉，和其他动物一样呢？如果不行，你可不可以在晚上的时候不要唱歌呢？如果晚上一定要唱歌，能不能唱轻柔的、好听的歌呢？如果这三个本质的问题不能改变，不论你搬到任何地方，都不会受欢迎的！”

猫头鹰听了，决定不搬家，要回去把歌声练好，它说：“我一定要在晚上工作，工作的时候一定要唱歌，看来，把歌声练好，是唯一可行的方法了！”

在天母，我常去的一家衣店，卖的多是纯棉的、朴素的衣服，店名叫“米店隔壁”。

第一次去的人都会为这个店名纳闷许久，因为店的右边是一条小巷，左边是一家鞋行，方圆一里之内也没有米店。

“为什么会取这么离奇有趣的店名呢？”第一次去的顾客总会问。

“几年前要开这家卖棉衣的小铺，正愁着要取什么名字，看到隔壁是一家米店，心想：食衣住行，吃饭最重要，其次就是穿衣，所以就随手取了‘米店隔壁’的名字。没有想到，不久之后，米店却搬走了，米店虽然不在了，我们的店名却延用到今天。”老板娘说。

对于一家个性鲜明的小店，叫什么名字都无关紧要的吧！

现代人开店往往从外相做起，先找一个好的地段，再想一个好名字，然后好好地装潢一番，至于开店的动机，卖的东西是否有好品质，往往是不受重视的。

现代人的人生不也是这样吗？大部分人追逐外相的事物，搬来搬去，东奔西跑，然后大叹“怀才不遇”！

很少人愿意把最基本的歌声练好，很少人真正去深入自己内在的本质，这不是“怀才不遇”，而是“不才怀遇”——一个没有才能的人却怀着被赏识的妄想。

米店搬走了，“米店隔壁”的生意却越来越好，所以，有真正好的本质，就不必依附、无须迁动，也不会为外在的变化而扰乱了。

专修皇冠，兼拔虎牙

一个修理五金的小工匠，经过许多年的学徒生活，终于出师了，就想要回到故乡去开一家五金行，谋取生活。

回乡的路途遥远，因此，他沿路摆摊子帮人修理五金，工作非常辛苦，收入又很微薄，只能勉强吃饱三餐。

有一天，他在一个小村落摆摊，突然跑来一个官员，手里拿着一顶皇冠。

官员说："皇上到附近的猎场打猎，骑马的时候不小心将皇冠掉在地上，皇冠上的宝石也掉了下来，你懂得修理皇冠吗？"

小工匠说："我倒是没有见过皇冠，也没有修过，但是我的手艺巧，应该是没问题的。"

于是，小工匠从官员手中接过皇冠，不到几分钟就把皇冠修好了，修理得像新的一样。官员很高兴，随手拿了一锭金元宝送给小工匠。

小工匠手握着金元宝，愣在当场，因为他沿路帮人修理五金，收入的总和也抵不过那锭元宝，他就开心地想着："回到故乡之后，我开的五金行，就以修理皇冠为专业吧！"

拿着元宝的小工匠，高兴地赶回故乡，走到临近故乡的一座森林，无意间听到一阵巨大的痛苦呻吟声，他循声找去，看到一只老虎正痛得在地上打滚。

小工匠看到老虎，吓了一跳，立刻就逃开了。

没想到老虎却叫住他："小兄弟！求求你救救我，我因为从来不刷牙，臼齿蛀掉了，非常疼痛。牙痛不是病，但痛了要老命，你如果能帮我拔掉蛀牙，我一定会报答你的。"

小工匠说："我怕帮你拔了牙，你反过来吃了我。"

老虎说："不会，不会！我用万兽之王的名誉保证，不但决不伤害你，而且会把多年搜集的珍宝送给你。"

小工匠壮起胆子，用钳子把老虎的蛀牙拔了。老虎果然遵守诺言，把它多年吃了过往客商所搜集的珍宝都送给了小工匠。

小工匠很欢喜，心里想着："没有想到拔一颗虎牙，这么容易就赚到这么多工资，回到故乡之后，我除了修皇冠，也兼拔虎牙好了。这样我很快就会变成富翁。"

回到故乡之后，小工匠把官员送的金元宝和老虎送的珠宝卖了，顶下一家商店，取名为"冠牙五金行"。左右大门刻了一副对联：

专修皇冠

兼拔虎牙

小工匠每天坐在门前等官员和老虎上门，等了一整年，一个顾客也没有，他的店很快就倒闭了，手艺也生疏了。

我喜欢看古董，那是因为古董总会让人更警觉地看到无常，古董也能让人有时间悠长、空间广大的遐思。

逛古董店比逛现代的名牌店有意思得多，因为现代的名牌讲流行，其实做的设计相差无几；古董经过时空的淘洗，每件都很不同。现代名牌价格昂贵，如果扣除了牌子的图腾，是物不及价的；古董的价钱虽不便宜，品相良好的，往往物超所值。

不管是古董或名牌，最可怕的莫过于漫天要价。

有一天，我路过一个古董店，进去参观，看到一对元朝铜铸的帝后塑像，由于非常少见，我便随口问了价钱。

老板开价十二万元。

过了一个月，我又路过，再度进去参观，这次老板不在，老板娘看店，我又随口问了那对帝后的价钱。

老板娘满脸笑容："林先生，我是你的读者，这一对本来定价五十万，如果林先生要买，就算你三十万元好了。"

我一言不发地离开了，走出古董店，我就觉得门口应挂一副对联：

专打冤大头
兼敲笨竹杠

我们的人生也是如此，难得有修皇冠那样稀有的际遇，也难得有拔虎牙那样奇绝的因缘，因此，平常一些、务实一些，才可能走更长远的路呀！

炒河粉与丸子汤

有一位长相诚实，衣着讲究的青年，到“金屋餐厅”吃午餐。

老板看他的样子很体面，就客气地问他：“先生，您吃些什么？”

青年说：“我要用身上所有的钱，吃你们店里最好的菜，有什么好菜尽管拿出来吧！”

老板听了很开心，说：“是不是也来一瓶好酒？”

青年说：“当然喽！如果用身上所有的钱可以买到的话。”

于是，老板用最好的菜、最好的酒来款待这位贵宾。青年吃饱喝足了，才从口袋里拿出一百元，说：“老板，这就是我身上所有的钱。”

“先生，您别开玩笑了，您吃的东西一共要两千元呢！”老板着急地说。

青年说：“我刚才可没有说要点多少钱的菜，我只说要用身上所有的钱点菜。你应该先问我身上有多少钱，或者告诉我你的菜要多少钱？因此，你准备了一大堆菜，那是你的错呀！”

老板非常生气，但是也无可奈何，他突然眼睛一亮，说：“算了吧！刚才的酒菜就算是我请客好了，我还可以再送你一百元，唯一的条件是，请你到隔壁的‘银屋餐厅’去，用同样的方法骗吃一顿。银屋的老板有心脏病和高血压，希望他被气死才好！”

原来，“金屋”和“银屋”虽然只有一墙之隔，两家却已经多年结怨，互不往来了。

这个狡猾的白吃白喝的青年，一手接过一百元，另一手拉开饭店的门，说：“隔壁的‘银屋餐厅’，我刚才已经去过了，叫我到你这里来白吃的人，不是别人，正是银屋的老板呀！”

在台北复兴南路附近，有一家专卖河粉的店，炒的河粉非常美味。

河粉店紧邻的是一家卖牛肉汤、丸子汤的小店，他们做的食品也非常好吃。

一般台湾的小店，如果我点了这一家的炒河粉，再点隔壁家的丸子汤，那是很正常的，两家的生意也会很兴隆。

但是，这家河粉店和那家丸子汤店却是个例外，两家的每一张桌子上都贴了鲜明的告示：“本店与隔壁店家相处不睦，互不往来，请勿在本店点用或食用隔壁店家的食物。”

因此，我们会看到这样的景象，在这一家吃完炒河粉的客人，再到隔壁家吃丸子汤，实在很不方便。

更有趣的景象是，河粉店的灶台向南，丸子汤店的灶台向北，从开市到打烊，两家的老板从不说话，甚至也不对望一眼。

想想看，几十年的邻居仇怨相对，该是多么痛苦，有一次我忍不住问他们失和的原因。

河粉店的老板："唉！说来话长。"

丸子汤店的老板冷冷地"哼"了一声，一句话也不说。

我好奇地想了解，并不是想论断是非，而是想到"炒河粉"与"丸子汤"原来是食物里的绝配，却因为人的好恶变得水火不容，实在太可惜了。我又想到，仅一墙之隔，人的心却比墙壁还要坚硬厚重，要一辈子这样相处下去，实在是太可悲了。

我们的人生何尝不是这样呢？总有一些人是"怨憎会"的，但在怨憎相会的时候，如果我们不超越因缘的墙垣，可能会痛苦终生。万一试过各种方法都不能超越，何不搬到更远的地方去卖炒河粉或丸子汤呢？真正美味的食物是不会寂寞的。

怕就怕在，炒河粉与丸子汤的老板心里都想着："看谁活得比较久！"由于这样的意念，他们坚持仇恨、怨憎地痛苦下去！

雄鹰与清泉

一只雄壮的老鹰，从远地迁居到一个森林。

到了这个新森林的第二天，雄鹰开始寻找其他的老鹰，希望能交到一些新朋友。

非常奇怪的是，它寻遍了整个森林，竟找不到任何一只老鹰，森林中的动物也十分稀少。

雄鹰心里生起了疑惑："这么翠绿的森林，为什么连一只老鹰也没有？其他的动物又是如此稀少呢？"

它很想找森林附近的鸟雀来问问，可是鸟雀们远远看到它，就立刻逃走了。

有一天，雄鹰趁着不备捉住了一只小麻雀，它对麻雀说："你不用害怕，我只是想问你几个问题，问完了就放你走。"

麻雀紧张地说："是什么问题呢？"

雄鹰说："我想问你，你在森林里看过老鹰吗？"

麻雀说："有呀！从前森林里的老鹰很多呀！后来都不见了。"

雄鹰又问："那么森林里其他的动物呢？"

麻雀说："从前很多，现在也很少了。"

雄鹰逼问麻雀："你知道它们跑去哪里？又为了什么原因呢？"

麻雀说："几年前，森林边开了一间纸厂，人们把树木砍掉，制造成纸，而把一些污水排入河里；许多动物喝了河水，都生病死了，没有生病的就迁居走了。”

雄鹰：“那你为什么不走呢？”

麻雀：“我们麻雀需要的水分很少，只要喝树叶、花朵、树洞的积水或吃一点水果就够了，但老鹰不行，它们一定要喝河水才够呀！”

雄鹰听了，若有所悟，它感慨地说：“老鹰虽然可以飞到最高的天空，却不能不喝地上的水呀！”

于是，雄鹰放了麻雀，决心去寻找一个有清泉的地方定居，它发现大部分的水源都被污染了。

雄鹰一直飞一直飞，最后定居在北极的雪原，听说北极的雪鹰就是不断寻找清泉，而定居在冰原的。

最近，读到一则报道，据科学家研究，北极臭氧层继南极之后，破坏非常严重，长此以往，不只是人类，全世界的动植物都会受到很大的伤害。

天空上的臭氧层，距离我们多么遥远，却是如此息息相关。相同的思考，如果我们是一只老鹰，不管飞得多高，还是要喝地上的泉水；如果我们是一只候鸟，即使从极北飞到极南，也还是离不开土地。

想一想，动物为了寻找更好的生存环境而到外寻索，或为了追寻春天而游踪万里。人呢？却对污染的水源甘之如饴，对环境的破坏毫无所觉，人类的未来真是令人忧虑呀！

路旁的李子

在魏晋时代，有一个小孩子叫王戎，他很喜欢思考。

有一天，王戎和一些小朋友跑到隔邻的村庄去玩，发现路边有一棵李子树，树上结满了果实，那些果实都很饱满，而且泛出金黄的颜色。

小朋友看见了，都大声欢呼，往李子树跑去，只有王戎跟在后面，一点也不争先。

当小朋友争着爬上李子树的时候，王戎一个人站在树下看着，有一个小朋友就问王戎：

“快来采呀！你干吗不动呢？再慢就吃不到李子了。”

王戎说：“不了，这李子一定又酸又苦又难吃！”

小朋友兴高采烈地把采来的李子塞进嘴里，立刻都哇哇喔喔地吐了出来，还呸呸呸地把渣子吐干净。

李子果然又酸又苦又难吃，这时他们都很奇怪地问王戎：“你怎么还没吃，就知道李子很难吃呢？它的外表是这么晶莹可爱。”

王戎说：“这棵李子树长在大马路边，外表那么可爱，熟透了却都没有人采，所以我推断它一定是又酸又苦又难吃呀！”

陪亲戚到新竹郊外去看房子，看到路边有一棵酸橘树，长满了黄澄澄的果子。

亲戚的孩子一拥而上，我说：“别急，别急！这橘子一定很酸很难吃。”

孩子还是忍不住摘来吃了，接着都呸呸呸地吐出来，孩子问我：“姨丈，你怎么知道这橘子是酸的呢？”

我说：“橘子本来就是酸的，但好吃的橘子还是可以忍受。这橘子树长在路边却无人采摘，表示它已经酸到不能忍受了。”

我就对孩子说了王戎的故事。

出乎意料的是，孩子说他们并不想做王戎，“因为即使知道是酸苦的，也要采来吃了才知道有多酸多苦呀！”

然后，我们在开满木棉花的山径散步，我想到小孩子的话很有道理，看到路边的李子或橘子，明知道是苦的酸的，如果不亲尝，并无法证实我们的推论；亲尝了，证实了，路边的那一棵李子才在心里面完成了。

人生不也是如此吗？当我们说“生命是苦”“爱情是酸”的时候，大部分的人都能理解，却不因此阻止我们去品尝的渴望。

采来吃了，果然真酸。

体会到了，真正是苦。

那时候才知道“人间风月不到处，无酸无苦亦无伤”！

只是，当我们吃过了路边的李子、院旁的橘子之后，再看到李子或橘子，还吃不吃呢？或者，走深一点，到更广的旷野看看，也许有一棵被人遗忘，甜蜜的李子树呢！

吃在东家睡在西家

古早古早以前，有一个姑娘到了该出嫁的年龄，同时有两家人来提亲。

东家的儿子长得又矮又丑，但是家里非常富有，锦衣玉食，吃喝不尽。

西家的儿子长得俊逸挺拔，但是家中十分贫穷，常常连吃饭都成问题。

“到底要答应东家的亲事，还是要答应西家？”姑娘的父亲烦恼不已，因为嫁到东家，生活虽然过得好，女儿可能会不快乐；如果嫁到西家，女儿应该会欢喜，但是生活太苦了。

母亲看到父亲迟迟无法下决定，就对父亲说：“你就别烦恼了，何不把女儿叫来，问问她自己的心意呢？”

于是，母亲把女儿叫到堂上来。

父亲对女儿说：“你到了该出嫁的年龄，如今有东、西两家来提亲，东家的少爷不才，但家里有钱；西家的儿子一表人才，但家里贫穷，我和你妈妈商量，一直拿不定主意，想问问你的意见，你喜欢嫁到东家还是西家？”

小姑娘听父亲这样说，脸红到耳根，害羞得一句话也讲不出来。

母亲说：“你要是不好意思说，就露出手臂表示一下，我们就会明白你的心意。如果想嫁到东家，就露出右臂，喜欢嫁到西家，就伸出左边的手臂。”

小姑娘想了半天，突然把两条手臂都从袖子里伸出来。

父母亲惊讶地问道：“你这是什么意思呢？”

小姑娘的脸更红了，说：“我……我……我想要白天在东家吃饭，晚上在西家过夜！”

听说在古代希腊，有一个时期，法律是由一般平民制定的。平民虽然能立法，但是立法的过程是非常野蛮的。

每当一个人在民众的集会中提出一条新的法律，他必须站在一个绞刑台上，用绳子套住他的颈子。

如果他提的那一条法律通过了，大家就把绳子拿开。

如果他提的那一条法律不通过，大家就把台子拿开。

西方法治社会最早的立法是这样来的，想起来非常的可怕，但是法律的选择不正是如此吗？不是黑，就是白，没有灰色地带。

人生的选择也是这样的，与法律的选择不同的是，生命里有很多的灰色地带，而且制裁权不在别人手上，而是自己必须去承担、面对，接受选择所带来的一切后果。

生命的过程不完美，所以“东家也要西家也要”的情况很少发生，选择了东家，就要面对无才的丈夫；选择了西家，就承担生活的重担。

民主政治的选择不也是这样难决的吗？东家西家各有优劣，既做了抉择，就安然接受吧！

国王的金床

从前有一个国王，盖了一座宫殿来招待外国的国王、使者和贵宾。

国王心想："为了表示我的诚意，要把宫殿盖得像皇宫一样。"依照国王的意思，这一座宫殿建造得金碧辉煌、美仑美奂，一点也不输给国王自己的皇宫。

但是，国王心里又想："在我的王国里，不应该有人比我尊贵，所以，来访的人，不可以睡比我更大的床。"国王的床是五尺五寸长，于是他吩咐工匠打造一张五尺五寸纯金的床，放在那间豪华的宫殿里。

他在宫殿中叫四个力大无比的勇士看守，确保来访的贵宾都能睡进那张金床，"如果身高不到五尺五寸，那就算了。如果身高超过五尺五寸，就把他的头切断，塞进金床里就寝。"

邻近的国家都知道国王有这样疯狂的规矩，所以派使臣来访的时候，都会特别挑选身高不超过五尺五寸的使臣，国王就得意扬扬地想着："终究没有人敢得罪我，当他们派比我矮的使者来的时候，心里已经归顺我了呀！"

有一天，远方国家的一个王子顺道路过，就跑到这个国家访问，偏偏他的身高有六尺高，而且他从未听过国王有这么一张疯狂的金床。

国王见了远方的王子之后，没有多做交谈，只对王子说：“王子今天也累了，早点就寝吧！”因为，这身高六尺的王子，分明就是要来挑战国王的威权，使国王非常地不悦。

四个力大无比的勇士服侍王子睡那张金床，不管多么努力，用任何姿势，都无法把王子塞进床里，最后，只好把王子的头砍断，才刚好睡入金床，他们跑去禀告国王：“王子已安然就寝了。”

王子被杀的消息，很快地传回他的国家，全国为之震怒，远方的国王于是挥军来攻打，很快地就消灭了那刚愎自用的国王。

被杀死的国王正好躺入他那张五尺五寸长的金床，随着金碧辉煌、美轮美奂的宫殿，一把大火，全烧毁了。

在我们成长的过程，通常会培养四位力大无比的勇士，一是教育，二是习惯，三是思想，四是见解。

如果每个人的心灵都是一个王国，这四位勇士是帮着国王把外来宾客塞入金床的人。

我们是多么渴求外来的人、外来的事可以符合我们的教育、习惯、思想和见解！如果顺了我们的意，我们可以把最美的宫殿也借给他。可惜的是，现实生活往往不是如此，每个人都有不同的教育、习惯、思想和见解，有时没有发生冲突，是基于情感，或者懒得争辩。

一个坚守自己的四大勇士的人，就像拿着画框去寻找名画的人，由于对画框的执着，往往错过了最有价值的真迹。

所以，对世界真正有诚意的国王，不一定要建造多么豪华的宫殿招待宾客，而是移开我们的金床，撤离我们的勇士。

一言万金

从前有一个国家，丰足安乐，应有尽有，什么都不匮乏。

这个国家的国王就想："我国好像什么都不缺少，应该派一个聪明的大臣，到外国去参访，买一些国内所没有的东西回来。"

于是，就派了一个大臣到外国去，这个大臣名叫"尽见"，是博学多闻的人。

尽见带着国王给他的五百两黄金，走过许多国家，每到一个国家就到商店市集去看，所看见的全是自己国家原来就有的东西，因此，过了几个国家，一件东西也没买。

有一天，来到一个海边的国家，尽见看到一位白胡子的老人，坐在市集里，手里没有拿东西，面前也没有摆货物，一动不动，一言不语。尽见感到很奇怪，就上前参问："老先生，您是在这里卖东西吗？怎么没看见您的货品呢？"

老人说："是呀！我在这里卖智慧。"

尽见又问："您卖的是什么智慧？价钱是多少呢？"

老人说："我卖的是人生的智慧，价值五百两黄金，但是你必须要先付钱，我才会卖给你。"

尽见心想：这真是稀奇的事呀！我国并没有卖智慧的人，也没有价值五百两黄金的智慧，我买回去，国王应该会很高兴的。

于是，就把五百两黄金付给老人。

老人说：“我卖给你的智慧是十二字真言，在人生所有的重要时刻都用得上，那就是：

缓一缓
再生气
想一想
再行动

“你现在觉得没有什么，有一天你就会发现它的珍贵了。”

尽见听了，有点不悦，觉得自己花五百两黄金只买到十二个字，好像不划算，但是已经买了，只好怏怏地回国了。

回到国内已经是夜晚，月明星稀，他怕吵醒家人，便蹑手蹑脚地走过厅堂，走到卧室前面时大吃一惊，因为床前摆了两双鞋子。

他心想：“难道在我出使外国的日子，妻子竟与人私通！”

他立刻拔出随身的宝剑，想一剑刺入帐中，脑海里突然浮出刚买到的十二字真言：“缓一缓，再生气；想一想，再行动。”口中念念有词。

这一念，惊醒了帐子里的母亲，问道：“是尽见回来了吗？”

原来，是自己在出使期间，妻子生病了，母亲过来照料，晚上睡在一起。尽见听了母亲的话，吓出一身冷汗，提着剑跑到院子里自言自语：“太便宜了，真是太便宜了！”

母亲跟了出来，问他说：“你出国买了什么东西呢？怎么一直喊便宜？”

尽见把买十二字真言的原委，告诉了母亲，说：“我原来以为买贵了，现在才知道得了便宜。母亲和妻子，是无价之宝，就是一万两金子，我也不会卖，今天却靠着五百两买来的智慧之言而得以保全，这不是太便宜了吗？”

我喜欢白居易和鸟巢禅师的故事：

有一天，白居易去拜见鸟巢禅师，问佛法大意。

鸟巢禅师说：“诸恶莫作，众善奉行。”

白居易说：“这太简单了，所有的坏事都不做，所有的好事都去实践，这连三岁的小孩子也知道，佛法大意真的这么简单吗？”

鸟巢禅师说：“这不简单，三岁的小孩也知道，但是连八十岁的老翁也不见得做得到！”

确实，人生的智慧有许多是通晓易懂的，实践的时候却十分艰难，通晓了道理的时候，智慧不值五百金，但在适当的时间、适当的地点能够实践，就重逾万金了。

第五章　真正的美丽

每个人的心里都有一滴蜜，有感恩心时就能感受到生命的甜美，即使一滴小小的蜜，也和大大的神秘有关，在甜美中饱含着天地宇宙的玄奇。

真正的美丽

有一只小鹿到湖边饮水，湖水平静清澈，使它忍不住以湖水为镜子，仔细地端详自己。

首先，小鹿看到自己的角，这一对角是今年才长成的，像两棵繁茂的花树，非常美丽，左看右看，小鹿对这一对角满意极了。

接着，小鹿看见自己水汪汪的大眼睛、小巧的鼻子和灵活的嘴巴，它觉得自己的五官真是好看极了。

再往下看，它忍不住欣赏自己修长的身材，以及身上像梅花一样开放的斑点。

小鹿边看自己边微笑，直到它看见自己的四只脚，才惊醒过来。它叹息地说："老天爷一定是搞错了，把我的全身塑造得这么美丽，却给我四根竹竿一样的腿，不！简直像芦苇的杆子，丑死了。"

正当它站在湖边发愣的时候，突然听见草丛里有一些响声，原来是一只老虎扑了过来，小鹿吓得立刻跳跃逃走，它的四条腿快如闪电，一下子就把老虎抛在后面了。

但是，老虎并不放弃，仍然紧追在后；小鹿逃进树林，左闪右躲，一不小心，它的角被上面的树枝勾住了，怎么样也无法挣脱。

老虎很快地逼近了，小鹿紧张不已，情急之下，用力一挣，两支角被挣断了。小鹿四脚像飞一样冲了出去，又把老虎抛在身后，不知道跑了多久才终于脱险。

小鹿全身虚脱地跪在草地上休息，它看着自己那又细又长的腿，感叹地说；“哎！两支美丽的角，差一点害我丧命；四条难看的腿却救了我的命。我的腿才是真正的美丽呀！”

从此，小鹿每天在湖边喝水，都用这种欣赏的眼睛看自己的腿，愈看愈美丽。

看报道，才知道现在美容塑身的方法千奇百怪，有的人为了使自己的外表变美，不惜花费许多时间和金钱。根据统计，以减肥为例，每减一公斤的肉，平均要花费十万新台币。

当然，变美丽的广告永远都是那么吸引人的。

令人疑惑的是：如果心灵不美丽、气质不优雅，光是改变一下外表就会美丽吗？万一花了大钱又未能美丽，是不是就要在黑暗中度日呢？

外表的美丽就像小鹿的角，真正的美丽则是小鹿的腿，也正是我们在人生中奔驰的态度。一个人能稳健地走人生之路，对自己所拥有的一切心怀感恩和欣赏，才能突破一些外相的迷思。

看到许多外表已经很姣好的人，在为一分一毫的美丽费尽心思的时候，就会觉得可惜，因为只有看见真正的美丽才是一切美丽的基础！也只有真正懂得欣赏自己的人，才会有真正的美丽！

有母爱的马

古印度，有两个相邻的国家，一个是特利国，一个是舍卫国，相处并不和睦，在边界时常引起争端，但是由于国力相当，双方都不敢轻易开战。

有一天，特利国的国王实在忍无可忍了，他决定去攻打舍卫国，却没有十足的把握，于是，他把国内最聪明的大臣千智找来，下令说：“千智，我想发兵去攻打舍卫国，但不知道他们的国家有没有像你一样有智慧的人，你帮我想一个计谋测试一下。”

千智说：“大王，微臣的家里有一匹母马，几年前生了一匹小母马，不论颜色、身形、体重都和老母马一模一样，有时连我也分不清。不如把这两匹马带到舍卫，用来测试他们国家有没有有智慧的人。”

特利国王命千智带那两匹马到皇宫，果然是怎么看也无法分辨，国王说：“太好了，太好了！就派你当使者，带这两匹马到舍卫国去，如果无人能分辨，我就派兵去攻打舍卫国。”

千智就来意不善地带两匹马到舍卫国，晋见国王说：“大王，吾王派我带这两匹马来献给您，但是有一个条件，如果在三天内，贵国有人能辨别哪一匹是母马、哪一匹是小马，我们两国就议和修好。如果贵国无人能分辨，那就无法避免一战，你们准备流血吧！”

舍卫国王和大臣听了非常恐慌，在那两匹马身边绕来绕去，两匹马竟无一丝一毫的不同，没有人能分辨哪一匹才是母马，纵使国内最有智慧的万慧大臣也无能为力。

当天晚上，万慧愁容满面地回到家里，他的儿媳妇正在喂孩子吃饭，看到公公如此发愁，忍不住问道：“公公，是为了什么事烦恼呢？”

万慧就把事情一五一十地告诉儿媳妇，担忧地说：“我担心无法分辨那两匹马，我国和特利国真的发生战争，为了这种小事而丧失人命，实在太不值得了！”

儿媳妇说：“公公，这是非常简单的事，您何必忧愁呢？只要把两匹马系在一起，再准备一份上好的草料，如果是母马，一定会把食物让给女儿；如果是小马，会丝毫不让地吃唯一的草料呀！”

万慧觉得很有道理，便连夜去禀告国王，国王命人如法测试，果然，立刻就分出了母女。

第二天，就向千智指出哪一匹是母马，哪一匹是小马。

千智回到特利国，禀告国王说：“舍卫国果然有非常有智慧的人，我们如果贸然攻打，不一定能得胜呀！”

特利国王于是打消了攻打舍卫国的想法。

弟弟养了一群吉娃娃狗，其中有一只不到半公斤的小吉娃娃，竟然生了两只只有墨水瓶那么大的小狗。

我听了非常好奇，跑去看那初生的两只小小的吉娃娃，没有想到在十米外，它们的母亲绕室狂吠，如果没有绳子系住，一定会立刻冲上来。

看着那只第一次做母亲的小狗，我的内心非常感动，在母爱的驱使下，即使面对着体积大过百倍的人，它也毫无所惧！一只小狗的母爱是无可限量的，何况是人呢？

弟弟说："不要说是人了，即使是狮子老虎靠近，它也会毫不迟疑地冲上去，为了儿女的安全，它什么都不怕。"

吉娃娃狗虽小，却有无限大的母爱；母马和小马外表完全相同，却有着不同的心；动物的母爱是一点也不输给人的！但是，我想到人可以异于禽兽，是因为子女可以反过来保护父母，子女可以把唯一的食物让给父母，这才是人比动物殊胜的地方吧！

爱地巴

在古老的西藏，有一个叫爱地巴的人，每次生气和人起争论的时候，就以很快的速度跑回家去，绕着自己的房子和土地跑三圈，然后坐在田地边喘气。

爱地巴工作非常勤劳努力，他的房子越来越大，土地也越来越广，但不管房地有多广大，只要与人争论而生气的时候，他就会绕着房子和土地跑三圈。

“爱地巴为什么每次生气都绕着房子和土地跑三圈呢？”所有认识他的人，心里都起了疑惑，但是不管怎么问，爱地巴都不愿意说明。

直到有一天，爱地巴很老了，他的房地又已经太广大了，他生了气，拄着拐杖艰难地绕着土地和房子，等他好不容易走三圈，太阳都下山了，爱地巴独自坐在田边喘气。

他的孙子在身边恳求他：“阿公，您已经年纪大了，这附近地区也没有人的土地比您更大，您不能再像从前，一生气就绕着土地跑，您可不可以告诉我这个秘密：为什么您一生气就要绕着土地跑三圈？”

爱地巴终于说出隐藏在心里多年的秘密，他说：“年轻的时候，我一和人吵架、争论、生气，就绕着房地跑三圈，边跑边想：我的房子这么小，土地这么少，我哪有时间去和人生气呢？一想到这里，气就消了，把所有的时间用来努力工作。”

孙子问道：“阿公，您年老了，又变成了最富有的人，为什么还要绕着房子和土地跑呢？”

爱地巴笑着说：“我现在还是会生气，生气时绕着房子和土地跑三圈，边跑边想：我的房子这么大，土地这么多，我又何必和人计较呢？一想到这里，气就消了。”

爱地巴的故事后来传开了，成为许多西藏人化除生气的方法，不论是房子小的或房子大的，都非常有效。

爱地巴的故事只是一个象征，因为不是每个人都有自己的房子和土地可以绕着跑，万一生气的时候，离家很远，那又要怎么办呢？

关于生气这件事，有一些值得思维的观点：

首先，大部分的生气都是没有益处的，只是人生能量的耗损，不如把宝贵的时间用来做有意义的事。

其次，“生气”是没有实体的，人无法保持“一个生气”“一块生气”“一件生气”或“一只生气”永久不改变，因此，被没有实体的生气主宰而失去自主、自在、自由、自尊，实在是得不偿失。

再者，“生气”是自己内心意念的反射，同一句话，用母语骂我们或用非洲土话骂我们，前者会怒不可遏，后者却毫无所觉，那是因为母语和意念有更深的联结。

从来不骂我们的人骂我们一句，比那整天骂的人骂一万句，更令人痛彻心扉，那也是由于意念更清晰的反射。

一个人想要不为意念主宰，一是少花时间争论和生气；二是当“生气”来临时，静观它的来去，做自己的主人；三是时时摄住自己的意念，保持内在的明晰。

在过往的岁月里，常常有一些不相干的人为不相干的事，公开找我辩论，朋友问我：“你为什么都不回应呢？”

我说：“市场里卖肉的人找卖花的人辩论，拳击手想找小提琴家打拳击，跳高选手要和游泳选手比赛，卖咖啡的想和卖茶的争个高下……这世界，没有什么好辩论的。”

骆驼与家人

一位阿拉伯商人到印度经商，赚了一大笔钱后，买了一群骆驼，并雇用了十几个护路的工人，一起返回阿拉伯。

路经沙漠的时候，遇到十几个带着刀剑的强盗。

强盗说："你们如果留下所有的骆驼，就可以安然离去！"

护路的路工不肯，他们说："我们是受雇来保护骆驼的，为了保住骆驼，哪怕失去自己的性命，也会和你们力拼到底，你们打消抢劫的念头吧！"

双方剑拔弩张，眼看马上要展开打斗，阿拉伯商人主动出来讲和，他说："如果你们能保证我们所有人都安全离开，我愿意把所有的骆驼送给你们。"

强盗答应了，商人和路工继续前进。一路上，路工都在责备商人，不该把骆驼白白送给强盗，这样做太懦弱了，应该不惜流血地保护骆驼才对。

商人并不多说，他对路工说："我雇请你们保护骆驼，你们只能得到一点工钱，用不着为了工钱牺牲自己的生命。"于是，他邀请路工到家里做客，并领取该得的工钱。

当路工到达商人的家，他的妻子和儿女出来热忱地欢迎，路工这时才发现商人有着美丽贤慧的妻子和天真可爱的儿女。

阿拉伯商人这时才向路工说出在沙漠中把骆驼送给强盗的

心情。

他说："为了顾及贤慧的妻子和可爱的儿女，我不可能为了钱财去冒生命的危险。在沙漠中若与盗匪决战，我和各位都有可能牺牲生命，假如有幸死里逃生，却失去一只眼睛，或折断一条腿，或者受了重伤，我的家人会多么痛心，我的钱财再多又有什么用处呢？各位家里都有妻子儿女、父母兄弟，为了他们，我们应该珍惜生命，胜于一切的财物！"

路工听了，想到自己的家人，这时才知道阿拉伯商人不是懦弱，而是明智。

在台湾南部，朋友带我去看一处从前漳州人和泉州人拼战的溪埔地，他们在异乡为了抢占地盘，流血相杀，最后埋骨在"同归所""万善堂"或"有应公"，什么也没有留下，甚至没有名姓。

我站在那吹着冷风的溪埔地，寒流使我全身打颤，而来自心里的冷，更使我颤抖不已。我想到，在这些人的故乡的某一个溪埔地，他们的妻子儿女、父母兄弟不知道曾多么椎心地思念他们，盼望着回乡的消息。

说不定，连客死他乡的消息，也从来没有被捎回故乡呢！

站在一个更久远的时间看起来，没有任何财物的价值可以和家人的爱相比拟呀！

狮子王

从前有一户贫苦人家，爸爸双目失明，妈妈瘫痪在床，只有唯一的女儿阿梅操持家务，她为了养活父母，到附近的大户人家受雇佣。

大户人家有一个独生女叫阿花，生性骄纵，口没遮拦，经常以欺侮阿梅为乐。有一天，阿花叫阿梅到远方的沙漠去拾柴，一定要拾满一担柴才可以回来。

沙漠里没有什么木柴可拾，阿梅捡了一整天也捡不到一担，又疲累又担心，不小心迷路了。

天黑以后，阿梅只好躲在柴担后面休息，她突然感到一股热气喷在脸上，张开眼睛，看见一只巨大无比的雄狮，站在她的面前。

雄狮竟然开口说话："你是谁？"

阿梅说："雄狮伯伯，我叫阿梅。"

"你认识我吗？"雄狮说。

阿梅礼貌地说："认得呀！您是狮子王，是万兽之王。"

"你看我长得好看吗？"

"您长得很好看，像是大地上雄伟的高山，带给人力量。"

"你认为我的士兵怎么样？"

阿梅抬头一看，才发现有数十只狮子围在身旁，她说："您是狮子王，士兵当然是百万雄狮，英勇无比！”

狮子王听了很高兴，问她：“你是什么地方的人呢？为什么单独到沙漠里过夜？”

阿梅就向狮子王讲诉自己可怜的身世，狮子王听了非常同情，也不禁敬佩阿梅虽然身世凄凉，还这么镇静勇敢，又这么有礼貌，懂得尊重陌生人。

狮子王命令士兵把阿梅驮回市镇，并在她的口袋中装满了财宝。

有了财宝，阿梅就悄悄地辞工回家，照顾父母，但是她被一群狮子送回又得了财宝的事，却被阿花知道了。

阿花单独跑到沙漠去过夜，半夜被一股热气喷在脸上而醒了过来。

狮子王问她：“你是谁？”

阿花没好气地说：“人人都知道我叫阿花！”

“你认识我吗？”

“当然认识，你是沙漠中最凶猛的野兽！”

“你看我长得好看吗？”

“丑死了，你一身的皮毛乱七八糟，像我家田里的杂草！”

“你看我的士兵怎么样？”

“你的士兵在山区为非作歹，在平原无恶不作，在我看来，只是一群低等动物呀！”

狮子王越听越气，立刻命令士兵把阿花撕碎在沙漠之中。

阿花和狮子王的对话，恰巧被一只躲在附近的鹦鹉听见，它飞到市镇转述给别人听，鹦鹉还下了这样的结论：“良言如良树，必得善果；恶语如恶种，必会结出仇恨的果实。”

我喜欢看卡通，每天都会抽出一些时间陪孩子看卡通。

在卡通世界，动物都有人性，甚至比大部分的人有人性。

在卡通世界，天真浪漫，没有忧伤；勇往直前，没有死亡。

在卡通世界，万物万象皆有定理。善有善报，恶有恶报，正义永远站在善良的一边。

真实的人生可能不像卡通那么有趣、幽默、天真，但我总相信，人有时要卡通一些，才能用更轻松的心情面对人世。

卡通世界无所不能，寓言世界也无所不能，我觉得用狮子来教孩子懂得礼貌和尊重，可能比用孔子来得有效呢！

黑天鹅与小白鲸

一群黑天鹅在往南飞的长途旅行中，偶然栖息在南海的一个海湾。

有一只小黑天鹅是第一次随父母南迁，它对一切事物都非常感兴趣，在海湾附近到处游逛。

突然间，它看到一只庞然大物从海面跃起，扑通钻进海里，溅起了巨大的浪花，黑天鹅好奇地游过去，看到一只纯白美丽、额头高广、嘴角一直微笑的大鱼。

黑天鹅问道："你是谁呀？"

"我是小白鲸，妈妈叫我小白。那么，你是谁呢？"小白鲸说。

黑天鹅笑了："真巧！妈妈叫我小黑，我是一只黑天鹅。"

小白鲸抬头仔细瞧瞧黑天鹅，它有着优雅的气质、修长的脖子、比羽毛更黑的黑眼睛，忍不住赞美地说："你这美丽的天鹅，是怎么来到南海的？"

黑天鹅说："我们住在遥远的下雪的北方，但现在那里太冷了，所以我们每年都会迁移到南方避寒，等春暖花开时才回去，这是我第一次到南海呢！请多多指教。那么，你住在这里吗？美丽的白鲸。"

小白鲸说："喔！我没有固定的住处，前一阵子我们也是住在下雪的地方，最近天冷了，找不到吃的东西，妈妈才带我到这里，这也是我第一次到南海，很高兴认识你！我一直觉得天空很好玩，所以拼命跳，想跳到天空去，你可以告诉我天上的事吗？”

黑天鹅说：“天空的广大超过你的想象，从天上看，地上有高山、有深谷；有城市、有乡村；有各种美丽的动物、花草和树木。这些，肯定海里是没有的！”

小白鲸说：“不，不！海洋的广大也超过你的想象，海里也有高山、有深谷，有各种鱼虾聚居的洞穴，也有美丽的动物、花草和树木呢！”

黑天鹅说：“太棒了！真是出乎我的意料，我们在南海的这段日子，都在一起玩好吗？你告诉我海底的事，我告诉你天上的事；你教我潜水，我教你飞行，好吗？”

小白鲸高兴地叫了起来，黑天鹅也高声欢呼，互相才发现，它们的叫声是如此的相似，说不定它们的爸爸妈妈也交过朋友呢！

从此，每一年的冬天，黑天鹅和小白鲸都会在南海相遇，一起玩耍，再也不会无聊了。

我时常带孩子到故宫至善园去喂鱼，至善园的锦鲤可能是岛内公园中最美的。洒一把饲料，数千条锦鲤一拥而上，像一幅巨大的彩画，非常壮观。

比锦鲤更令人遐思的是黑天鹅。我们偶尔也喂黑天鹅，不论在什么情况下，黑天鹅总是那么优雅，乞食的时候也不例外，犹如流落在外的王公贵族。

特别是每天黄昏的时候，黑天鹅会扑翅高叫，叫声激昂，令人动容，我就会想：莫非是思念着广大的天空吧！听说至善园的天鹅要定时剪翅，以防它们展翅飞走。有翅而不飞扬，住在池塘的黑天鹅，与一只锦鲤又有什么两样呢？

黑天鹅是怎么看池中的锦鲤，锦鲤又是怎么想黑天鹅的呢？

有一阵子，黑天鹅的叫声使我觉得似曾相识，后来才想到从前在温哥华的海洋公园听过小白鲸的叫声，真的非常相似。

黑天鹅与小白鲸都是我喜爱的动物，一个总是那么优雅，一个总是带着微笑；一个是空中飞行最远的飞行员，一个是海底巡游最远的航海家；它们一定都见过最广大的世界吧！

我想到，以前曾在垦丁的南湾、夏威夷的恐龙湾、中南美的开曼群岛潜水，当我游过神秘的海沟，几乎每一眼都是惊奇——对于这广大超乎想象的天空和海洋，人实在太渺小了。当我喂食军舰鱼和抚摩大鲢鱼的额头时，我想到不论何时何地，人应该与动物为友。

黑天鹅与小白鲸在某一个心灵的港湾里，应该也可以成为很好的朋友吧！

十六开士洗澡

有十六个兄弟一起到深山里修行，希望透过不断的思维静坐，开发内心，达到最高的智慧境界。

大哥很严肃地告诉大家：“我听说修行是一件严肃的事，所以我们从今天起，都不可以讲话，也不可以嬉笑。”

二哥很严格地接着说：“我听说修行是一件很艰难的事，所以，我们要把所有的时间都用来静坐思维，不能睡觉，也不能休息。”

三哥很严重地说：“如果有人讲话嬉笑，休息睡觉，我们就一起来谴责他！”

十六个兄弟于是苦心地在森林中打坐，他们餐风露宿，一言不发，夜里也不休息。他们面无表情，冷漠肃然，一如林中的枯木。他们双目紧闭，吃得很少，才过了几天就已经形容枯槁了。

有一天，最小的弟弟实在受不了，他张开眼睛说：“我想去洗个澡。”

十五个哥哥从定中出来，用非常讶异冷漠的眼睛看着弟弟，以为自己的耳朵听错了。

小弟说：“我受不了了，我想去洗澡。”

三哥说：“你太差劲了，修行没有几天，就想要洗澡，洗澡对智慧有什么帮助呢？”

二哥说：“人生苦短、生命无常，你不把时间用在思维人生、解脱烦恼，还浪费时间去洗澡？”

兄弟们纷纷斥责他，但是小弟依然坚持地说：“不管啦！我现在一定要去洗澡，现在对我最重要、最能让我喜悦的事就是，让我去洗澡！”

大哥看到小弟有点失控，就说：“先去洗个澡，再回来思维人生、解脱烦恼，也不会怎么样吧！何况我们真的已经很久没有洗澡了。”

既然大哥已经开口，大家也都觉得洗个澡是一件愉快的事，就异口同声地说：“那我们去洗个澡吧！”

当时是盛夏，在走向森林边瀑布下的水塘时，一路上都有着美妙的蝉声，使他们的耳朵灵敏异常；路的两旁开满了各种颜色的野花，花上彩蝶飞舞，使他们的眼睛非常明亮；森林到处飘送着花香和草香，使他们的鼻子都变得深邃而宁静了；偶尔张开嘴巴，舌头尝到了林中香甜的水气，美好得说不出话来；他们的身体被林中黄昏的雾气弥漫，感到无比的清凉和欢喜……

他们的眼、耳、鼻、舌、身，由于色、声、香、味、触，生起了无比的放松和喜悦，那种轻安与清凉，是从前在林下苦心静坐所体会不到的。

十六个兄弟终于漫步到水塘，非常舒坦地走入水塘洗澡。呀！那水的甘洌、清凉、爽利，刹那间深入了全身的细胞，使他们的身心进入完美和圆满的境界。

生命里的疑惑，在他们用细腻深刻的心触摸到水的温度那一刻，完全解开了。

这个寓言取材自《法华经》和《碧岩录》,《法华经》里称为“十六菩萨”,《碧岩录》则称为“十六开士”。这十六个心开意解的菩萨，未在严苛的静坐修行中解脱，反而在一次偶然的洗澡中开悟了。我第一次读到这个寓言时，就深深地受到感动。确实，对于探索智慧的人，生命中的一切都不可轻轻估量，即使洗澡这样的小事，都有着无比的价值。

重要的不是打坐，或者洗澡；重要的是心有没有打开，开心的洗澡比起不开心的打坐，要深刻得多。

我们每天都会为身体洗澡，洗澡时只要有一块香皂和足够的水就可以了。

但是每天在为身体洗澡的我们，有没有想过：我们的心也应该每天洗澡呀！洗心灵的澡要用什么香皂和水呢？

我们要用放松的香皂和喜悦的水，只要我们每天都有放松和喜悦的时刻，眼睛所看见的美景，耳朵所听见的好音，鼻子所闻到的香气，舌头所品尝的妙味，身体所感受、体会、触及的一切美好事物，都是在做心灵的沐浴呀！

一群性急的人

从前，有一个性子很急的人，做什么事都好像在冲锋陷阵。

有一天，他感到肚子有点饿，看到街边的一间面店，就冲进去，大叫着："小二，给我来碗面！"

等了几秒钟，又大叫："面怎么还不来？"

又等了几秒钟，又大叫："快，快，快给我送面来！"

这样大呼小叫十几次，面终于送来了，他顾不得烫嘴，就唏哩呼噜地吃了起来。

吃过几口面，才看到小二一直站在旁边盯着他。

他就问小二："干吗老盯着我？"

小二说："好催你吃快些，我等着拿碗去洗咧！"

原来，小二也是急性子的人，每隔几秒钟就问："你这面要吃到什么时候，我急着要洗碗！"

问了十几次，性急的人拼命吸面，店小二还是不满意，剩下最后几口，小二已经等不及了，就把面倒在桌上，碗却拿走了，小二说：

"面倒在桌上，你慢慢吃，碗我先拿去洗了！"

性急的人气得半死，气呼呼地回到家里，把吃面的事说给太太听，一边说一边骂："我快被气死了！我快被气死了！"

没想到他刚说完，妻子就去打包行李了，他看妻子举止怪异，忍不住问：“你干吗整行李呢？”

原来，他的妻子个性比他更急，对他说：“我听你连说几十句‘我快被气死了！’，想到你可能真快死了，与其等你死了，做寡妇，不如赶快去改嫁！”

妻子很快地改嫁了，嫁过去只过了一夜，新嫁的丈夫就闹着要和她离婚。

妻子说：“我才嫁过来一天，我们都没有相处过，我也没做过对不起你的事，为什么急着离婚呢？”

原来，她的新任丈夫比她更性急，丈夫说：“我看别的夫妻都有孩子，你嫁给我一天了，还没生出半个孩子，不知要多久才会生孩子，不知你会不会生孩子，所以要赶紧离婚，去找那一天就会生孩子的太太，或是已经生了孩子的来做太太呀！”

过年的时候，回乡小住，感觉到家乡的生活步调十分舒缓，路上行人都是慢慢地踱步，很少见到匆忙行走的人。

不只是步调舒缓，遇到熟识的人，就会站在路边闲聊，不知时间的流逝。

总是在不知不觉之间，日已西斜。

我想到台北人的生活，步调比乡下快得多，即使是去吃饭、喝茶、逛街，也像是在赶集一样，走在步履匆忙的人中间，自己的性子仿佛也急了起来。

台北已经很急了，到纽约、东京、香港、巴黎、上海，人走得更急。由于赶车坐地铁都必须要走很长的路，天天都像在急行军。

那样的日子过久了，人的个性越来越急。

所以，越是巨大、越是繁华、越是热闹的都会，人的性子越是急促。

可是，“好情境”和“急性子”却又是矛盾和相反的。

最高级的餐厅，上菜总是缓慢的，这样舒缓的气氛，才能品出食物的美味。

最好的艺术馆和博物馆，总会让人忍不住放慢步伐，去享受空间和品味艺术。

最美丽的花园，会使人不自觉地轻轻散步，怕惊动了花木，和花上的彩蝶。

最好的生活，应该也是舒缓的吧！有深度的品味，有宽广的空间，有细腻的觉察，有安静的思维。因此，我要学习，每天有一段路，要慢慢地、轻轻地、静静地散步。

雄孔雀的尾羽

有一只雄孔雀，自认为是森林里最漂亮的动物，因此，它变得非常骄傲，也非常的讨人厌。

只要有动物聚集的地方，雄孔雀就会昂首阔步地凑过去，然后插嘴说：“你们是不是在讨论森林里谁最美丽呀！”接着，它会唰地一声张开它的尾羽。

雄孔雀的尾羽确实惊人，每一根都有五尺长，布满了以蓝绿为基调的七彩，最尾端是一颗颗黑得发亮的眼睛。那些尾羽是那么炫目非凡，使得方圆十几丈的动物都立刻跳开闪避。站在雄孔雀的身边确实是很大的压力，像乌鸦、乌鹫、友鹭那些没有颜色的鸟，立刻就遁逃了。

展示完尾羽，雄孔雀就下了结论：“关于森林里谁最美丽的事就不用讨论了，来谈谈谁是最丑的吧！”

森林里的动物都立刻兴味阑珊地走开了。

雄孔雀自豪地说：“像我有这么美丽的外表，不要说别的动物见到我要立刻逃开，就是同为孔雀，也没有一只敢和我比肩站立呀！”

久而久之，不但没有人和雄孔雀做朋友，甚至远远看到它，就闪开了。

森林里的动物，一般都是走小径。

雄孔雀为了展示自己的美，每天都抬头挺胸地走大路。

森林里的鸟类，一般都保持警觉，穿梭于树丛间。

雄孔雀为了让别人看见，它既不飞翔，也不穿越树丛，每天慢条斯理地步行。

雄孔雀几乎什么都不怕，只怕自己的美丽没有被看见。

有一天，一个猎人听说森林里有一只美丽的雄孔雀，于是在有孔雀足迹的路上设了陷阱，当雄孔雀路过的时候，它那七彩的尾羽就被陷阱夹住了。

雄孔雀大呼救命，被一只蜥蜴听见了，蜥蜴看了看，笑着说:“这没有什么大不了的，你只要抛弃尾羽的羽毛就得救了！”

雄孔雀哭了起来：“我怎么能舍下我的羽毛呢？我的美丽、骄傲、自尊都是来自这些羽毛呀！”

蜥蜴说：“我为了求生，每年都要放弃自己的尾巴好几次，何况只是羽毛呢！”

雄孔雀踯躅再三，总是放不下对美丽尾巴的迷恋，最后被猎人捉走了。猎人杀死雄孔雀，拔下美丽的羽毛，带到市场去出售了。

到沈阳大学演讲，沈阳的朋友特别准备了一些沈阳出产的大苹果让我品尝，吃到从小在地理课本读到的辽东大苹果，使我内心非常感动，果然是清脆香甜、味美多汁。

朋友问我：“现在是苹果盛产的季节，想不想到苹果园走走？”

于是，我们到近郊的苹果园去，当我走入苹果园时，感到十分意外，我想象中的苹果树远比现实的高大许多，真实的苹果树矮矮壮壮，苹果竟然举手可得。

更令我讶异的是，一棵苹果树竟然可以长出数量难以数清的苹果，几乎只有“累累叠叠”可以形容，这与我从前见过的果树有多么大的不同呀！

另外，那些苹果树都长得十分相似，苹果亦然，当我们把所有的苹果集中，根本无法分辨哪一颗苹果出自哪一棵母株，所以，我们可以说，任何一颗苹果都是整个果园的产品。因为，苹果树没有自己的名字，也不自我标榜。

走出苹果林，我的心里有很深的感触，一是若以巨视的观点看世界，任何个人的成就，都是人类与时代的成就，个人并不算什么；二是若以微观来看一棵树，苹果树是完全以奉献的心生长在世间，它们的一生都是不断地给予，根本是没有自我的，因为没有自我，就不执着，也不自私。由于苹果树的无私奉献，使我们走在林中，感到无比的安然、自在、轻松、愉悦。

在苹果林中散步的那种心情，走在匆忙的人群中是不可能有的，因为人人执着于名位、权势、金钱，正如一只孔雀执着于美丽的尾羽，由于欲望的执着，人更热衷于“夺取”而漠视“奉献”。想想看，走在一群时时刻刻心心念念想着夺取的人中，是多么不安的事呀！

许多人活着，实在比不上一棵苹果树呀！

向河水投食

有一个叫作侯森的鞋匠，偶然间听到来做皮鞋的顾客，谈到布施者必有善报，他心里就很想布施，多做一些善事。

但是，鞋匠家并不富裕，也没有什么多余的东西送给需要的人，他为此苦恼不已。有一天，侯森坐在门前的河边，正为布施的善行发愁的时候，他看到河里的鱼都张着大嘴，浮出水面，嘴巴啪嗒啪嗒的，好像在向他讨食物。

侯森灵机一动："是不是这些鱼的食物不够呢？我既没有能力帮助别人，就先来帮助这些鱼吧！"

回到家里，侯森在做晚餐大饼的时候，就多做了十张薄饼，写上自己的名字，并写了一段文字：

"我没有能力给你们更好的东西，这薄薄的饼请你们笑纳吧！"

第二天清晨，侯森拿那十张薄饼到河边喂鱼，看到鱼都欢喜地吃饼，热烈地向他点头，侯森心里得到从未有过的欢喜：原来布施是这么令人喜悦的事呀！

从此，每天清晨，侯森都会拿十张薄饼到河边喂鱼，他变得非常开心和振奋，布施给鱼，成为他一天里最美好的时光。

有一天，他在河边喂鱼的时候，突然想到："这河流的下游，住了许多人家，一定也有许多人没有饼可吃呀！我应该也做一些饼送给他们。”

当天晚上，侯森做晚餐的时候，又多做了十张薄饼，在饼上写着：“我没有能力给你们更好的东西，这薄薄的饼请你们笑纳吧！”然后签上自己的名字“鞋匠侯森”。

第二天，他把二十张饼带到河边，十张喂鱼，另外十张盛在一个木盘里，放入河中，让它顺河漂流，希望有人能吃到这些饼。从此，侯森更快乐了，他每天吃饼的时候就会想到，不仅是河里的鱼，下游的某户人家也在分享他亲手做的饼。

侯森每天做饼放入河里，经过了一年半，有一天，突然有大批人马停在他的鞋店门前，领头的军官问他：“你就是鞋匠侯森吗？”侯森急忙说是，军官说：“国王有急事召见你，你跟我们走吧！”

一路上，侯森感到忐忑不安，因为他根本不知道发生了什么事，远在百里外的国王，为什么要召见我呢？我每天只是安分地做鞋子，没有做过任何事呀！

觐见了国王，国王问他：“你确实是鞋匠侯森吗？”

侯森说：“是的，大王。”

“你为什么要每天做那么多饼丢入河里？”国王厉声地问。

侯森说：“大王，请息怒！小民只是可怜水里的鱼没有食物，也同情住在下游的人没有食物，所以每天把赚到的钱多做了二十张饼，放入河里，并不知道这是有罪的，请大王恕罪！”

国王说：“你不必害怕，我只是试试你是不是那个做饼的人，像你这么善良的人，应该得到回报呀！”

原来，国王的大儿子在河边戏水的时候，被水冲到下游的一个荒岛上，王子受困在荒岛三个月，在等待救援的日子，正是从上游流下来的薄饼救了他的命，鞋匠侯森成为王子的救命恩人，也救了王国的命脉。

国王于是把侯森住家附近的五个村庄赏赐给他，并送给他很多金银珠宝。

侯森成为当地最富有的人，终其一生，他每天还是做很多薄饼，一半投入河中，一半放在木盘上，随水漂流。

“即使行一桩小蚂蚁重的善事，也必见其报。”

“行一件善事的人，将得十倍报酬；做一件恶事的人，只受同等惩罚。”

“行善吧！即使向河水投食，也能赢得回报。”

这是《可兰经》摘录下来的句子，在其他的典籍里，也都是这样鼓励善行的，但“即使向河水投食，也能赢得回报”，特别让人感到行善不只是好事，也充满了浪漫和美丽的心情。

我每次看到充满笑意在广场喂鸽子或在公园喂鱼的人，内心就有着感动，觉得那洒出去的米或饲料，每一粒都是有签名的。

喂鱼喂鸟或喂人喂王子，签的名字都一样大呀！

夜莺和狮子比歌声

一只狮子在森林散步，突然听见了夜莺的歌声，十分婉转动听，于是顺着声音走去。

到了一棵大树下，才发现歌声是来自树上的夜莺，而树下早就围了一大群动物，如醉如痴地倾听夜莺的歌唱。

它唱到高音的时候，像是大海的浪潮淹没了整个森林。

它唱到低音的时候，像是天神的四弦琴撩动人的心弦。

它唱得非常有感情，有时像朋友谈心，有时像情侣低语，有时像清泉流淌，有时像微风抚面。

所有的动物都被深深地感动了，有的轻轻叹息，有的默默流泪，有的随声唱歌，有的随声起舞……动物们都用欣赏的眼光看着夜莺，充满崇拜地听夜莺唱歌。

只有狮子的内心充满了嫉妒，因为自己虽然号称万兽之王，却从来没有被欣赏和崇拜过，它突然闷哼了一声："这有什么了不起，只不过是唱几首歌罢了，要比声音怎么比得上我呢？"

夜莺停止了歌唱，说："我们只知道狮子的力量很大，性情很粗暴，却没听说过狮子也会唱歌呀！"

狮子说："你没听过狮子吼吗？狮子吼是世界上最威猛的声音，你可以唱歌召唤来这么多的动物，我却只要叫一声就可以把它们赶走了，你说是谁的本事大呢？"

狮子说完，大叫一声：“吼——噢——呜——”树下的动物全部仓皇求避，一眨眼就逃得无影无踪了。

狮子得意地说：“怎么样？谁的声音厉害呢？”

夜莺说：“如果这也算是本事，那我就甘拜下风了。”

说完，夜莺振翅飞去，狮子昂着头，大摇大摆地走了。

过了几天，狮子正在森林散步，一不小心，落入了猎人的陷阱。它在陷阱里用“狮子吼”大声地向动物求救，但是它吼得越大声，动物们逃得越远，一只也不敢靠近，狮子于是成为猎人的猎物！

正巧在同一天，夜莺也掉入猎人设的鸟网中，不能动弹。夜莺就用它动人的歌声唱了起来，越唱越伤心，森林里的动物听了都忍不住流泪，大家顾不得危险，全围了过来，它们撕破了鸟网，救出了夜莺。

从此，夜莺每天在森林中唱歌给动物听。

动物们都说：“夜莺的声音虽小，因为悦耳动听，胜过巨大粗暴的狮子吼呀！”

去参观一个朋友的画展，画的主题都是一些普通的花，但通过了艺术的灵思，在画布上的花一点也不比真花逊色。

画，虽然无言，却使花变得更巨大、优雅、永恒，有一种动人的力量。

看过画展，身心仿佛受到清洗，在人车熙攘的街边散步，我想到，美不仅是最慑人的，也是最服众的。这是为什么我们在历史上印象最鲜明的是诗歌、文学、艺术，而不是君王、宰相和政治了。

古代的思想家总是谆谆告诫我们："以力服众"不如"以德服众"，却没有谈到"以美服众"。如果以慑服的层次来看，美的吸引是比武力和道德更能令人心悦诚服的。

从事艺术文化工作的人，因此不应妄自菲薄，因为以力服人者孤，以德服人者寡，唯有以美服人者能超越时空，近悦远来，十方来朝。

蚂蚁和水牛比力气

两头水牛在河边，优闲地吃着青草。

偶然间，看见一群蚂蚁拖着一只毛毛虫要回到蚂蚁窝，几千只蚂蚁排成一个纵队，又流汗、又吆喝，还连滚带爬的，要把毛毛虫搬回去。

虽然蚂蚁很努力，毛毛虫却移动得很慢，慢到两头在旁边看的水牛忍不住大笑。

带队的一只大工蚁生气地问水牛："你们在笑什么？一点同情心也没有，我们虽然搬得辛苦，搬得慢，最后一定会把毛毛虫搬回家。"

一头水牛说："我们在笑，蚂蚁的力气小到超过我们的想象，成千上万的蚂蚁却拖不动小小的毛毛虫；要是我们水牛，只要喷一口气，就能把毛毛虫吹到你们的窝里！"

蚂蚁说："你也不要看不起我们，要比力气，水牛的力气不一定比得上蚂蚁。"

另一头水牛冷哼一声："哼！你们真是不知天高地厚，我们水牛走起路来，大地震动，上吨的大车也难不倒我们。"

蚂蚁说："不必在那里吹牛了，我们现在就来比力气吧！"

水牛说："好哇！怎么个比法呢？"

蚂蚁说："我有一个很公平的比法，我背一个同伴，你背一个同伴，看谁先跑到前面的那棵松树下，跑得慢的，就算输了。”

两头水牛异口同声地说：“好，一言为定！”

比赛开始了，蚂蚁背起一个同伴，轻松地向前跑去。

水牛趴在地上，想把另一头水牛背起来却很吃力，摇摇晃晃，满头大汗，好不容易才背了起来。

才向前走了一步，背上的那头水牛就摔得四脚朝天。

这时候，蚂蚁已经背着同伴跑到松树，绕了一圈，又跑回来，对喘着粗气爬起来的水牛说：“水牛大哥，你现在知道我们背一只毛毛虫是多么困难，要花多大的力气了吧！”

偶尔路过士林官邸花园，顺路去参观附近的盆栽花园，看到许多枝干纠结、玄奇优美的盆景，从大如桌面，到小如掌心，都令人赞叹不已。

更奇特的是，大如桌面的盆景价钱竟比小如掌心的便宜，问了老板，老板说：

“盆景不是比大小的，而是比栽植的年资，当然，树种、种形也要讲究。像你手上这盆小的树，已经种了十五年了！只是因为盆子小限制了生长，加上剪枝吊干，花了许多心血，所以比大盆的还贵。”

听了老板的话，我颇有感悟，我们因为习惯，总会被外相所迷，无法观见那些内在的价值。不只盆景如此，最好的玉往往不是大件的，而小小的珍珠胜过大大的贝壳。文章贵精不贵长，音乐尚好不尚久，艺术崇雅不崇大……

这并不是说要轻视那些大的事物，而是要花同样的心思去见及那些小的事物。

人生也是如此，每一个事物无分大小，都不可轻轻估量；每一个过程无分悲喜，都要学习启示；每一个因缘无分久暂，都应该用心经营。

在小小的蚂蚁、小小的盆栽里，如果我们有细腻的存心，就能看见它的美、它的启示。

有彩纹的石头

从前有一个人，到山上去游玩，偶然间捡到一颗有彩色纹路的石头。

他看着那颗有彩纹的石头，心里非常赞叹：“这辈子从来没有见过这么美丽的石头，它又藏在这么深的山里，一定是一颗稀世的宝玉呀！”

他越看越爱，觉得那颗石头珍贵无比。

回到家里，他把家里最好的丝绢拿出来，一层层地包裹那颗石子。再找最好的木匠做了十个精美的木盒，一连套了十只木盒。最后，他用一条金色的丝布把木盒包了起来。

这个人捡到无价之宝的消息，很快地传扬了开来，前来求见那颗石头的人络绎不绝，一般人确实没有看过有彩纹的石头，又看到精美的木盒收藏、上好的丝绢包裹，都确信那是生平仅见的无价之宝。

有一天，一位外国的珠宝商人听闻了这件事，千里迢迢地跑来拜访，请求看看这个无价之宝。

捡到彩石的人，听说外国的珠宝鉴赏家要来访，为了表示慎重，一大早就起床熏香沐浴，穿上最好的礼服，戴上最体面的帽子，坐在大厅等珠宝商人的到访。

附近看过彩石的人也都跑来聚集，希望知道无价之宝的价值。

珠宝商人终于来了。

彩石的主人恭恭敬敬地请出木盒，一层一层地打开，解了半天，终于亮出了那颗石头。

珠宝商人只看了石头一眼，就忍不住捂着嘴笑起来。

“你在笑什么？”彩石的主人生气地问。

珠宝商人说：“这只是深山里、河岸边一颗有彩纹的石头，并非什么稀世珍宝，虽然用了十层丝绢、十层木盒包装，它依然只是一颗普通的石头！”

彩石的主人勃然大怒，骂珠宝商人说：“你枉称是珠宝鉴赏家，却连这么稀奇的宝贝也不认识，真是浪得虚名，你一定是眼红我的宝贝而故意贬损它的价值。”

他把珠宝商人骂了一顿，轰出家门。从此，他又为那个彩色石头加了几个木盒，放在铁柜锁起来，珍藏得比从前更坚固，再也不轻易拿给别人看了。

读日本的旅游书，知道箱根地区生产很好吃的花生，到了箱根，忍不住出门去找花生。

在台北迪化街买花生的经验，使我总以为，花生是摆在一个大竹篓里，让人试吃，吃了满意，再论斤计两地称卖。

没想到找了半天，都找不到花生。

最后，在一家高级的商店里，终于找到花生，是以整包贩卖，一包约有半斤重，售价日币八百元。

花生是用塑胶袋包装，外面先用绿色的绵纸包起来，绵纸外又系了白色的丝绢，上面用楷书写了几个汉字“落花生”。

觉得价格是有点昂贵，还是买了。付账的时候，柜台小姐用米色的绵纸又包了一层，外贴一朵水蓝色的小缎带花，最后放进一只用咖啡色牛皮纸做成的袋子里。

回到饭店，我和妻子对坐着发愣，心里想着：到底要不要把那层层包裹的花生拆开来吃？

我说：“不管包了多少层，还是花生呀！”

两人小心翼翼地将包装纸一层一层地拆开，终于吃到箱根的花生了，果然滋味芳香爽脆，不是一般的花生可比的。由于它是如此昂贵、包装精美，更使我们吃的速度变得极慢，心情专注而安静，花生的芳香神奇地流满我们的全身。

吃到后来，我有点警醒了：这箱根花生的美味是本具的呢？还是透过层层的包装所烘托的？

妻子说：“那是因为先有了好吃的花生，才有办法用包装来烘托呀！”

日本可能是全世界最讲究包装的民族，我曾在东京看人卖哈密瓜，用层层丝绢、木盒、缎带包裹，一个瓜日币万元，觉得非常不可思议。

但日本朋友说：“只有真正好的、珍贵的，才值得我们这样包装，那是为了向那美好的本质表示敬意，如果是买面条或酱菜，就用不着包装了。”

“用好的包装对好的本质表示敬意。”我喜欢这种说法。

比较遗憾的是，在这个价值混乱的时代，人们总是忽视那些好品质的事物，而把普通的石头，过度地包装了。因此，“直观本质”是智者在金玉其外的世界的生存之道。

裸人国

很久很久以前，有两兄弟，各自置办了货物，一起出门到国外做买卖。

他们到了一个国家，发现那个国家的人都不穿衣服，不论男女老少都是光着身子跑来跑去。

善知变通的弟弟说："哥哥，在这裸人国里想做生意可不容易，但只要我们也脱光衣服，表现得谦虚一点，不要批评别人的风俗，相信也可以做好生意的。"

严肃刻板的哥哥正色地说："不穿衣服是伤风败俗的行为，我们绝不可以光着身子和他们往来，我们是上国子民，无论走到哪里，都不能不讲礼义廉耻呀！"

弟弟说："裸人国不穿衣服，只是和我们风俗不同，与礼义廉耻有什么关系呢？何况我们古代有许多圣贤，外形上或有不同，行为也一样正直呀！"

哥哥还是坚持不和裸人打交道，自己住在客栈里，对弟弟说："这样好了，你先去探探情形，过一阵子再派人来告诉我。"

于是，弟弟跑出去和裸人做生意，哥哥躲在客栈连大门也不敢出去，怕看到那些裸人，自己的身心受到污染。

过了十几天，弟弟派人来通知哥哥："裸人国的人民天真善良，但是一定要按当地的风俗才可能做生意呀！"

哥哥问弟弟派来的人："我的弟弟也脱光了衣服吗？"

那个人说："是呀！"

哥哥听了非常生气，骂道："这个畜生！来了没几天，就被畜生同化了！我绝不能像他这样做！"

哥哥越骂越难听，忘记弟弟派来的人也没穿衣服，那个人非常生气地走了。

按照裸人国的风俗，每个月初一、十五的夜晚，人人都会用麻油擦头，用白土在身上画各种图案，戴上各种装饰品，敲击石头，男男女女拉手唱歌跳舞。

弟弟也学他们，脱光了衣服，和大家一起唱歌跳舞。因此裸人国上至国王大臣、下至平民百姓都很喜欢弟弟，用十倍的价钱买下了弟弟所有的货物，还送他许多贵重的东西。

哥哥听到远方的歌声，想到弟弟的畜生行为，愈想愈气，驾着装满货物的车子，赶到裸人聚集的地方，想要强行押走弟弟。

哥哥进入集会的地方，既不唱歌，也不跳舞，而且指责裸人国的人不知廉耻。这也看不顺眼，那也看不对劲，激起了大家的愤怒，就把哥哥抓住，狠狠地揍了一顿，把他的货物都抢走了。

亏得弟弟一再地求情，裸人国才放了哥哥。

哥哥狼狈地逃出裸人国，一路上还大骂着："畜生！真是畜生！"

在山林里健行或在乡野中散步的时候，我常会采摘几朵不知名的小花，回家后用棉绳捆成小花束，放在一只小小的水晶花瓶里。

这使我感到欢喜，那山野之花虽然无名，也不高贵，却在素朴中充满力量，在含蓄中自有光华，它不与时花竞争，因此也不比名花逊色。

我想到，每一种小野花都有各自的风俗习惯，不同的颜色、姿态和形貌，但是小花们不会互相批评，互相指责，也不会介入互相的价值观，它们永远那么融洽，高山和溪畔的小花插在一起，只更见它们的美呀！

在和谐包容这方面，野花比人殊胜。人的主观太强，往往使自己陷入了死胡同，也使人和人之间无法裸身相对，我们都已经穿了太厚的衣服，还拼命地在自己的衣上加衣呢！

一滴蜜的形成

一只蜜蜂在一朵花上采蜜，它采了一滴蜜之后，跪在花朵上，双手合十地对花说：

“谢谢您呀！美丽的花，感谢您开得这么灿烂，使世界变得美好可爱；更感谢您提供这么香甜的蜜，使我的生活富足美满，还可以养育我的孩子！”

花朵弯腰点头，连说：“不敢当，不敢当！你要感谢绿叶，没有它们，我们就不会有营养来开放了。”

蜜蜂飞过去感谢绿叶，绿叶说：“不敢当，不敢当！你更应该感谢树干，是它最辛苦，日日夜夜输送养料呀！”

蜜蜂飞去感谢树干，树干说：“别客气，别客气！你最该感谢的是树根呀！如果没有它不见天日的努力，别说是一滴蜂蜜，也不可能百花盛开，叶叶翠绿，枝干茂盛呀！”

蜜蜂说：“树根在哪里呢？让我当面谢谢它吧！”

树干说：“你看不见它，它永远只在地下默默地工作呀！”

蜜蜂对着土地大叫：“谢谢您呀！树根大哥。”

只听到地底下传来一阵低沉的声音：“不用谢我。如果不是天上的雨水和地底的泉水、白天的太阳和夜晚的月亮，我们一天也活不下去呀！要谢，就谢天谢地谢日月吧！”

于是，蜜蜂跪在花上，花在风中点头，叶子双手合十，树干仰头看天，树根俯首顶礼，一起感谢天地日月的神奇。

蜜蜂感动地说：“我一定要让孩子知道一滴蜜的形成是多么不容易，让它们从小就有感谢的心。”

我有一位皈依师父忏云法师，从前经常出国弘法，由于他持戒精严，固定的时间都要做早晚功课、礼佛拜佛，这使他坐飞机长途飞行十分不便。

但只要是拜佛的时间一到，他就在飞机走道铺一块黄布，径自地拜起佛来。

因此，在国际飞机上，常有许多人围着看他拜佛。他拜佛时心无旁骛，虔诚庄严，看到的人都深受感动，许多人因此皈依佛门，成为忏云师父的弟子。

也有不知道佛为何物的外国人会问：“这出家人为什么拜飞机呢？”

师父说：“佛是无所不在的，飞机上自然有佛。感谢的心也是无所不在的，即使离地三万尺，也不要失去感谢的心。”

我每次想到师父在飞机上礼佛的情景，内心就会充满景仰和感动。

我想，每个人的心里都有一滴蜜，有感恩心时就能感受到生命的甜美，即使一滴小小的蜜，也和大大的神秘有关，在甜美中饱含着天地宇宙的玄奇。

跋

从前从前，有一个青年，名字叫“如意”，非常洁身自好、努力读书、认真工作，不幸的事情却接二连三地降临在他的身上。例如辛苦播种的稻子，要收成时突然淹了大水；例如好不容易养到可以卖的牛，突然碰到口蹄疫；例如用所有积蓄盖成的房子，突然遇到大地震……

总之，名字叫“如意”的青年，过得非常不如意。有一天他终于一无所有了，于是决定用一生的时间去寻找自己命运的答案。

如意打听到有一个叫“命运”的神在掌控人生，便千里迢迢地去寻找“命运”。他走遍世界各地，最后遇到一个知道命运住在哪里的隐士。

“他就住在最高的那座山顶上，”隐士指着很远的山峰说，“但是，千万要记得，除非他先开口，否则你绝对不能跟他说话。你见到他的时候，看他做什么，你跟着做就好了。”

如意爬上了最高的山峰，看见了一座富丽堂皇的宫殿，花园广大，仆役众多。他一走进去，就看见一位身穿华服的老人，威严地坐在大厅享用大餐。他想起隐士的警告，一句话也不说，直接走到命运之神的身边，坐下来享用大餐。

吃到一半，一个管家走了进来，鞠躬说：“主人，今天有许多灵魂来到世上，正等着您的赏赐。”

命运之神于是起身，走向一个美丽的柜子，拿出许多金银珠宝，撒向空中："我将自己今天享有的富饶，赐给这些新生的孩子，我今天的景况，就是他们未来的写照。"

第二天，如意醒来的时候，发现富丽的宫殿不见了，自己睡在一个普通的大房子里，没有花园，只有两三个仆人。

晚餐不像昨天那么奢华，但菜肴还是很丰富，吃到一半，一个仆人走了进来，说："主人，今天有许多灵魂来到世上，正等着您的赏赐。"

命运之神站了起来，走向一个典雅的木箱，抓出一把银币撒向空中："我将自己今天享有的富饶，赐给这些新生的孩子，我今天的景况，就是他们未来的写照。"

第三天，房子变成砖房，食物只有面包和几片肉，命运之神向空中撒了铜币。

第四天，房子变成土屋，食物是粗麦和汤，命运之神撒了一些零钱。

一天不如一天，到第七天，如意醒来时，发现自己睡在漏雨的草屋，食物是稀得不能再稀的粥。吃到一半，有个乞丐走进来，说："命运！今天有许多灵魂来到世上，正等着您的赏赐！"

命运之神，从地上抓起一把鹅卵石撒向空中，说："我将自己今天的富饶，赐给这些新生的孩子，我今天的景况，就是他们未来的写照。"

到了第八天，如意从晨光中醒来，发现自己又住在富丽堂皇的宫殿里，他正惊慌不定的时候，命运之神突然问他："你为什么跑这么远来找我呢？"

如意充满委屈地说："我日日夜夜辛苦地工作，可是命运之神老是戏弄我。我比别人更认真，我比别人更努力，为什么我得不到平安幸福的生活，我只想来问问为什么？到底为什么呢？"

命运之神说："你已经看见了，我每天晚上都会给新生儿一些赏赐，凡是得到金银珠宝的，一生都会荣华富贵；只得到鹅卵石的人，就得不断地忍受生活的煎熬，被打得满头包。你就是在我赏赐鹅卵石的那天出生的呀！"

如意抗议地说："作为神，您这样太不公平了！"

命运之神："枉费你和我住了这么多天，我住在富丽堂皇的宫殿和残破漏雨的茅屋，内心是一样快乐的；我吃丰富的大餐和粗茶淡饭，一样感动富饶；命运能左右你的生活，并不能决定你的心呀！我从未应许这个世界会公平，这个世界没有任何公平的环境，只有在心里才能找到公平呀！"

许多年前，当我还是一个少年的时候，我就对"命运"感到很大的疑惑，并且和许多年轻人一样，曾热衷于星座、面相、姓名学、紫微斗数、八字八卦，甚至麻衣相法、奇门遁甲，但是愈钻研，就纠结了愈大的谜团。

有一天，和一些国外回来的朋友，坐火车到偏远的城镇，去找一个没有受过教育、又两眼失明的人摸骨。在火车站等火车回来时，自己突然哑然失笑——当一个人寻索命运的答案，不开启自己的心，却向不相识的江湖术士探询，正像问路于盲人一样，是永远没有方向的。

这使我步入了宗教的领域，因为一个人即使知道命运，却无法照管自己的心，又有什么意义呢？家财万贯而痛苦不堪的人所在多有，一贫如洗而安贫乐道者也比比皆是呀！

这世界没有公平，只有平静的心才有公平。

这人生不会事事如意，只有心里如意的人才有如意的人生！

我们在年轻的时候，总是花太多时间寻找命运的答案，花太多时间质疑人生。等到有朝一日，回头观望，才憬悟到我们用太少的时间品味生活，花太少的时间体会人生了。

我们的人生不可能事事如意，我们也不可能永远过着幸福快乐的日子，但只要我们好好照管自己的心，深刻、细致、温柔、体贴地进入每一天的生活、每一刻的生命，在炎热时感受那个炎热，在寒凉时体验那个寒凉，即使命运炎凉，我们也一样能体会人生的真味呀！

去年，我开始推出思索多年的“人生寓言系列”，出版了《以爱为灯》，得到了读者广泛的回响。现在出版的《以美为光》，它的寓意是，我们不能有无灾无难的人生，但任何人在是非成败、起伏不定中，若能体会人生真味，即使经验了命运的几度夕阳红，也能在内心青山依旧在了。

“青山无不动，白云自来去”，这才是值得追求的人生境界呀！

感谢妻子淳珍，她拥有许多一般人难以并存的特质，既温柔，又坚强；既天真纯静，又深谙人性；既典雅含蓄，又充满力量……她陪伴我走过一段惊涛骇浪的岁月，一向都是那么气定神逸。在淳珍的身上，我看见了一个有美好心灵的人，如何在生活中实现出来。在写作这个系列时，她给我最有力量的支持，也带给我许多启示和灵感的来源，她清澄温婉的生活态度，使我深深地感觉到生活静好。

感谢我的孩子们，他们每天在身边快乐无忧地游戏、天真烂漫地笑语，常使我仿佛回到了童年，感觉到岁月不惊。

我常想，一个人到了中年还能有可爱的儿女，就像在最远的深山找到了最纯的甘泉，是老天最大的恩赐。而一个人在一生中能找到真正的爱，就像顺着河水找到了甘泉之源，品味到人生的真味。

感谢一切成就这个系列的好因缘。

林清玄

二〇〇〇年春天

台北双溪清淳斋